1
菟絲從長風，根莖無斷絶。
無情尚不離，有情安可別？

2
彼采葛兮，一日不見，如三月兮。
彼采蕭兮，一日不見，如三秋兮。
彼采艾兮，一日不見，如三歲兮。

3
手如柔荑，膚如凝脂。
領如蝤蠐，齒如瓠犀。
螓首蛾眉，巧笑倩兮，美目盼兮。

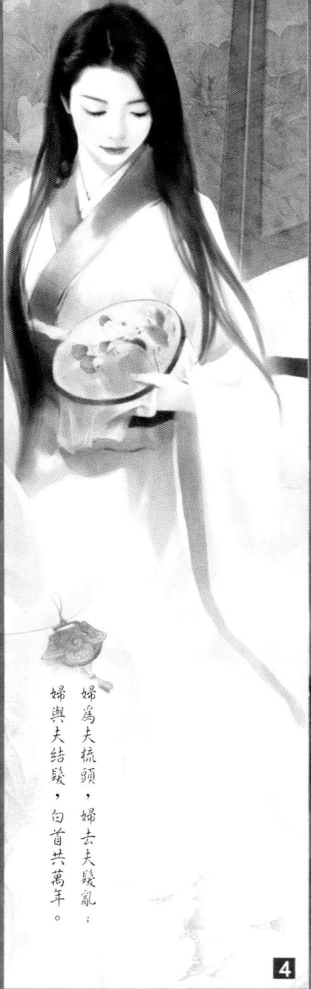
4
婦爲夫梳頭，婦去夫鬓亂；
婦與夫結鬓，白首共萬年。

5
青山相待，白雲相愛，夢不到紫羅袍共黃金帶。
一茅齋，野花開，管甚誰家興廢誰成敗？

love.doghouse.com.tw
東方月◎繪
無鹽妖嬈
風 文創 059
玉贏 著
love.doghouse.com.tw
東方月◎繪
無鹽妖嬈
風 文創 060
玉贏 著
love.doghouse.com.tw
東方月◎繪
無鹽妖嬈
風 文創 061
玉贏 著
love.doghouse.com.tw
東方月◎繪
無鹽妖嬈
風 文創 063
玉贏 著
love.doghouse.com.tw
東方月◎繪
無鹽妖嬈
風 文創 064
玉贏 著

無鹽妖嬈 5 完

玉嬴 著

風文創 064

目錄

第三十章　趙人傾國滅孫樂

一個月後，魏國大商人成中先行到了目的地。

而孫樂兩人的車隊，前後用了三個多月才趕到越國都城大越。

車隊駛入了城中。

姬五的馬車行進稍緩，靠近孫樂皺眉說道：「奇了，本家為何還不派人相迎？」

孫樂低聲說道：「我亦不解。」

正在這時，一陣朗笑聲傳來——

「哈哈哈哈……叔子遠道而來，實是越之榮幸！請，請！」

一個留著一臉絡腮鬍子的中年人越眾而出，跨馬迎向姬五。這人身後跟著五、六個賢士和劍客，隊伍寥寥，真不似特意相迎的。

姬五瞟了一眼他身後眾人，笑了笑，叉手說道：「客氣了。請！」

來人是越國大夫曾出。

曾出大笑連聲，目光不時瞟向孫樂的馬車。「敢問，田公在否？」

孫樂掀開車簾，微笑道：「勞大夫相問。」

曾出一見到孫樂的面容，便怔了怔，轉眼才呵呵笑道：「叔子和田公，可是聞名天下的智士。請，請！」

笑聲中，車隊駛在大越城中。

越國，在天下諸國中是比較弱小的。越人本來居於山林當中，只是一個部落而已，後來立了國，占地也不廣。

在天下間，越國聞名於外的是人才。不管是越女的秀美，還是越國男子的淡雅多才，都為世人所津津樂道。

就在孫樂掀開車簾，興致勃勃地打量著大越的街道時，曾出略一猶豫，終於策馬向她靠近。

「田公。」

孫樂轉頭，雙眼水盈盈地看向他。

曾出雙手一叉，沈聲道：「田公，事有不妙！」

孫樂一怔！

曾出的聲音不小，眾人都聽到了耳中，一時之間，本來因為放鬆而喜笑顏開的隊伍，一下子變得安靜下來。

孫樂眉頭微皺，說道：「還請道來。」

曾出再次行了一禮，說道：「半個時辰前，趙侯來信了。」

他抬頭看向孫樂，沈聲說道：「趙侯有言，田公乃他死敵，誰若收留田公，他必傾國攻之！」頓了頓，曾出在一片寂靜中長聲嘆道：「田公大才，當知越小禁不得戰火。」

他說到這裡時，微黑的臉上浮出一抹慚愧之色。「越侯令我前來，想問田公有策乎？」

孫樂靜靜地盯著曾出，她看得出來，曾出雖說是問策，那表情卻分明是要她自動提出離開越國。

還真是可笑，千里迢迢來到越國，坐都沒有坐一下，便被地主驅趕了。

此時此刻，不只是孫樂，姬五和陳立等人都是滿臉陰雲，他們轉頭認真地看著孫樂，等著她的回答。

在孫樂盯向曾出時，曾出抬起頭來，目光炯炯地與她相對。

孫樂盯了他幾眼，頭一轉，看向四周。

大越街道中行人不多，街道兩旁的店面多是空蕩蕩的。

孫樂看著看著，心裡突地一跳，她抬眼朗聲說道：「既然如此，那我等出城便可。」

啊？

不管是姬五還是陳立，沒有人想到孫樂會這麼回答，一時之間他們都有點傻眼了。

孫樂冷聲喝道：「掉頭，出城！」

陳立一怔，策馬來到孫樂面前時，一旁的曾出已長長地吁了一口氣。

孫樂聽到曾出吁氣的聲音，回頭朝他看了一眼。

在對上她的目光時，曾出眼神炯亮至極，而且隱隱有著焦急。

孫樂眉峰微皺，向趕過來正欲勸說的陳立怒喝道：「出城！」

她的聲音清脆而響亮，而且有急促之意。

陳立一愣，朝她打量了一眼，抬頭大聲喝道：「出城——」

他這喝聲一出，眾劍客同時凜然接受，開始掉轉馬頭。

馬車剛剛掉轉，突然間，從城牆處傳來了一陣朗笑聲，朗笑聲中，一個全副盔甲的青年扶在碉樓處看著孫樂等人。

這青年人面容蒼白，五官倒還俊秀，只是雙眼陰沈，眼皮耷拉，顯出幾分陰晦之氣。

他雙手撐在碉口處，一邊朗笑，一邊右手唰地一揮。

就在他右手砍下的同時，只聽得「砸——砸——」的巨響傳出，卻是幾個大漢，在這一瞬間關起了城門。

這一下，不用任何人說，大家都明白這些人來者不善了。

在眾劍客陰沈的臉色中，孫樂倒是一如既往。她抬起水漾的雙眸，靜靜地看著那青年，表情淡定，嘴角微帶笑容。

那青年笑盈盈的目光在對上孫樂時，微微怔了怔，很顯然，孫樂的鎮定讓他有點吃驚。他緊緊地盯著孫樂，緊緊地盯著。

直過了半晌，他的目光才從孫樂移到姬五的身上。

他打量了姬五幾眼後，雙手一叉，朗聲說道：「叔子乃是超脫世外之人，何不先到一旁候著？」他說到這裡，瞟了孫樂一眼，繼續說道：「我觀孫樂也不過是一個尋常美人，天下間比她美的、身分尊貴的女子多得是，叔子何必與這種惡毒俗女攪到一塊兒，壞了名聲？」

姬五沈著一張俊臉，冷冷地看了這青年一眼，重重地哼道：「我如何行事，不勞閣下過問！」說罷，他低頭斂目，不再理會那青年。

他這話，是一點餘地也不留了。

那青年的臉色唰地一沈。

他狠狠地剜了姬五一眼，終是不敢再說什麼，便轉過頭看向孫樂。

對著孫樂上下打量了幾眼，青年嘴角一揚，笑呵呵地說道：「久聞孫樂智名遠揚天下，連趙這樣的大國都被公戲弄於股掌當中。呵呵，卻不知以孫樂之能，料得今日將有何事發生否？」

孫樂一直靜靜地看著這青年，聞言笑了笑，淡淡地說道：「何事發生？公子關上城門，埋下伏兵，所圖者不過孫樂之人頭耳。」

孫樂聲音一落，眾人齊齊地臉色一變。

陳立迅速地轉過頭吩咐了幾句，轉眼間，眾劍客同時驅馬移動，把孫樂和姬五兩人團團護在中間。

與此同時，姬五從馬車中跳了出來，大步走到孫樂的馬車旁，他把車簾一掀，縱身跳到了孫樂身邊坐下。

那青年詫異地睜大眼，怔怔地看著孫樂，哈哈一笑，右手在碉牆上一拍，大聲笑道：「妙！妙！真不愧是孫樂！以一女子之身而有丈夫尊稱，果然不是尋常人物！」

他瞟了一眼迅速擺好陣型的車隊，重重一哼，冷笑道：「不錯！我今日來，便是想取了妳這個惡婦的人頭交給趙侯！」

說到這裡，他頭一仰，縱天長嘯起來。

「嗚——唏——」

隨著他的嘯聲遠遠傳出，只聽得「蹬蹬蹬」的腳步聲不絕於耳，這片刻工夫，從街道兩旁便鑽出了數百個麻衣劍客。這些劍客咻咻咻地閃出來，轉眼間便把孫樂和姬五這幾十人團團圍住。

見十倍於車隊的劍客已把他們團團圍住，那青年低下頭來盯著孫樂。

就在他看向孫樂時，孫樂頭一仰，哈哈大笑起來。

她的笑聲清亮而悅耳，遠遠地傳出，那青年被她笑得又是莫名其妙、又是惱怒，厲聲喝道：「妳這婦人，死到臨頭還敢發笑？」

孫樂笑聲一止，笑盈盈地朗聲說道：「你想取了孫樂的頭顱去向趙侯獻媚，卻不知欲揚名乎？欲求封邑乎？欲求金錢乎？欲留退路乎？唏，叔子在此，你膽敢圍攻叔子，就算殺了孫樂也不會有好名聲，看來不是求名了。趙國離越遠矣，你就算得了封邑應是無用。金錢嘛，你以堂堂王子之尊，也應不稀罕。看來，王子此舉是為自己留退路了。哈哈哈，卻不知越國出了何事，令得你一國王子也得勾結於趙，給自己留下退路？」
孫樂這一連串的話一說出，那青年臉色便是大變。
他濃眉一挑，怒聲喝道：「閉嘴！」
見孫樂還在清笑，他怒聲喝道：「趙侯有令，妳這惡婦所到之處，他必傾國攻之！我欲取妳人頭，是在為國君解憂！」
「哈哈哈哈……」孫樂聞言，笑聲更加響亮了，她清聲笑道：「趙乃諸侯，越亦諸侯，越國雖小，趙亦是兩敗之國。孫樂卻是不知，越與趙隔上數萬里，卻懼他做甚？趙侯不過一封書信前來，越侯便畏矣、懼矣？便迫不及待地要殺我這個名揚天下的田公來向趙侯獻媚矣？哈哈哈哈……」
孫樂的朗笑聲很響亮，說話聲也很響亮。她的話音一落，路上的行人、圍著她的越人盡皆變色。孫樂這一席話可真是不輕啊，她這席話傳到世人耳中，越人還真得被世人看輕，在天下諸侯間還真是抬不起頭來了。
當下，曾出叉手朗聲言道：「田公此言差矣！我大越乃堂堂諸侯，怎會懼他一個兩敗之趙？四王子此言此行非是陛下本意。」
曾出說到這裡，抬頭衝著城牆上的四王子朗聲說道：「四王子，陛下有旨，令孫樂離開大越便可，你怎地節外生枝，反倒關上了城門？田公乃天下揚名的賢士，叔子更是超然於王孫之上。你如此行事，就不懼陛下怪責乎？」他說到這裡，聲音一頓，陰沈地喝道：「還是，四王子你確實如孫樂所言，與趙早有結交，欲趁此事交結於趙侯，給自己留退路乎？」

曾出的聲音一落，四王子的臉色唰地煞白。

曾出這席話的分量可不輕，只怕它一傳到父王耳中，他這一年來好不容易爭得的寵愛會全部化為責怒，如果被其他的王子聽了，還有可能演變為殺身之禍！

四王子白著一張臉，看著孫樂。這個時候，他害怕了，他第一次感覺到，眼前這個弱質少女，那如刀的言辭，是真能殺人啊！

他嘴唇嚅了嚅，大聲回道：「我此舉確實是為父王分憂來著，曾出你不得血口噴人！」他說到這裡，右手一揮，惱怒地衝著眾麻衣劍客喝道：「還不快快撤下！」

「喏！」

整齊的應諾聲中，眾麻衣劍客連忙散在兩旁，一一退了出去，不一會兒便消失在街道上。

四王子這時帶著兩個高冠賢士匆匆地從城樓上走下，他大步向孫樂走來，一邊走一邊笑呵呵地說道：「早就聽說田公是天下間獨一無二的奇女子，今日得見，果然如此。呵呵呵呵，田公勿怪，剛才我只是想會會田公，領教一下田公揚名天下的智辯之術來著。呵呵呵呵……」

四王子笑得見眉不見眼，他擠過眾劍客便想靠近孫樂。

就在這時，姬五看向陳立，朝他使了一個眼色。

然後，「錚」地一聲輕響，陳立長劍一掠，指向四王子的鼻尖！

寒森森的劍鋒映射著日光，生生地刺著四王子的眼。四王子不由自主地腳步一頓，他雖然身穿盔甲，這時卻是臉也白了，額頭冷汗涔涔而下，腳也有點發軟。

他仰著頭，一步一步向後退著。一邊退，他一邊結結巴巴地說道：「此乃越國，你、你意欲何為？」

陳立重重一哼，冷森森地低聲喝道：「四王子！我如果現在取下你的頭顱，你的父王怕也是無話可說，信否？」

四王子臉色灰白，額頭上的冷汗都滲到了嘴裡，他結結巴巴地說道：「信、信……信……」他一邊說一邊向後退，腳下踉蹌，表情恐懼。

就在這時，陳立重重一哼，劍尖向前一逼！

只見寒光一閃，四王子嚇得撲通一聲摔倒在地。

卻見陳立手腕甩了一個劍花，在四王子的咽中刺出一個血點後，輕飄飄地收劍，轉身，面無表情地把嚇得直哆嗦的四王子拋到了身後。

陳立大步走到孫樂面前，呸了一聲。「他對我們舉劍時，可沒有這麼膿包！」重重地哼了一聲後，他看向孫樂。「孫樂，我們出城否？」

這時刻，城門已經大開。

孫樂轉過頭去，冷冷地看著越國王宮的方向，徐徐說道：「不了。在城外可擋不住四王子這樣的刺殺，我還偏要在大越城中住下。」

她的聲音剛止，眾劍客便同時朗聲應道：「喏！」

聲震四野，響亮至極。

陳立欣賞地看著孫樂，暗暗想道：這孫樂行事，還真是越來越有我輩劍客之風了。

這時，大越街道上的行人越來越多，百姓紛紛從各自的屋中跑出，看向名震天下的姬五和孫樂。

在一雙雙好奇的打量目光中，孫樂穩穩地坐在馬車中。她的小手，此時正被姬五緊緊握著。

姬五皺著眉，沈著臉，低聲說道：「他們特意叫我前來，來了卻連個相迎的人也沒有。這樣的本家，還真是讓人齒冷。」

孫樂水盈盈的雙目看向他俊美的臉，輕聲說道：「他們怕是不欲你與我多沾染，我們只要一住下來，他們必會派人令你單獨前去。」

姬五點了點頭，說道：「必是如此。」他抬頭看向孫樂，秋波中溫柔無限。「只要我在妳身邊，越人必不敢輕舉妄動。孫樂，我不會離開妳，給越人可乘之機的。」

「嗯。」孫樂輕輕地應了一聲，頭一歪，輕輕靠上他的肩膀。

姬五伸手緊緊地摟著她的身子，本來陰沈鬱怒的俊臉上漸漸浮出一抹溫柔眷戀的笑容來。對他來說，只要兩人在一起，不管身處何等困境都已不再重要。

孫樂把臉靠在姬五的頸窩，一動也不動。

正在這時，陳立的聲音從外面傳來——

「田公，何處可宿？」

孫樂清聲應道：「大酒樓便可。」

陳立應了一聲。

片刻後，他又問道：「酒樓主人不願又如何？」

孫樂輕笑出聲。「陳公何必問我？這個時候可由不得他們不願。」

陳立哈哈一笑，他雙手一叉，朗聲說道：「孫樂行事，越來越殺戮果斷，有我輩之風了。陳立感佩！」

孫樂笑了笑。

姬五低下頭，看著她一臉雲淡風輕的笑容，忍不住在她的臉上輕輕地叭唧一下。他嘴唇一觸即分，頗不好意思地別過臉去。

孫樂抬眸看了他一眼，嘴角含笑。她看得出來，姬五雖然有點羞澀，可出現在他眉宇間的更多的是憂慮。

這時，姬五突然說道：「孫樂，姬族本家在天下間實力雄厚，妳助我取得本家繼承權如何？」他說到這裡，低頭炯炯地看向孫樂。「如此一來，天下間再也無人可以欺妳。」

孫樂長長的睫毛搧了搧，含笑道：「否，家族瑣事甚是煩人，我們都是喜好自在之人，這繼承人不要也罷。」

她知道姬五為何有此一說，伸手撫上他的胸口，低低地說道：「讓我好好想想，定可以求得一法，讓天下無人敢動我。」

姬五點了點頭。

這時，馬車停了下來，陳立的聲音從外面傳來——

「叔子、孫樂，酒樓已到。」

「然。」

孫樂一跳下馬車，便對上酒樓門口一眾越人戰戰兢兢看向自己的目光。

她左右掃視了一番，發現曾出早就策馬離去。而街道兩旁的越人，正聚在一起對著自己和姬五指指點點。

孫樂收回目光，和姬五兩手相牽，轉身向酒樓大門走去。

她剛走了五步不到，只聽得身後傳來一連串「叮——砰——咚——叮——」的響聲。這響聲連綿不絕，其間夾著眾劍客倒抽口氣的驚嘆聲。

孫樂一驚，迅速地轉過頭去。

這一轉頭，堪堪看到一道青色的纖細身影。

這是一個少女，一個約十七、八歲的少女。

這少女面容只是清秀，身材纖細，衣著樸素，渾然上下看不出半點與世人不同的地方。

此時的她，手中持著一柄竹劍。

可是，這樣一個少女，卻讓一城人都驚愕地睜大雙眼，一瞬也不敢瞬，陳立等人更是臉色灰敗。

這個時候，擋在這少女身邊的六個劍客齊齊地握著自己的右手腕，在他們的腳下，各自散落著他們的佩劍，卻是這一眨眼的工夫，少女便用手中的竹劍把他們的佩劍一一擊落在地了。

少女感覺到了孫樂的注視，抬眸定定地看向她，看著看著，她忽然瞇眼笑道：「妳是孫樂？」

孫樂靜靜地應道：「然也。」

少女又是一笑，她晃了晃手中的竹劍，清脆地說道：「有人要我來趕走妳。」她說到這裡，頗有點稚氣地笑了起來。「可我覺得妳很不錯呢！」

她一邊說，一邊向孫樂大步走來。

她一來便把孫樂身邊六名劍客的佩劍擊落，這等行事，哪有什麼善意？當下眾劍客齊刷刷地一轉，擋在了孫樂身前。

同時，他們舉起手中的佩劍，齊齊地指向少女。

少女不快了，她眉峰微皺，不滿地嘟囔道：「你們擋著我了！」

她一邊說，一邊揮劍。

那竹劍一動間，便如光影閃過。只是一轉眼，孫樂便清楚地看出，少女已向身前的兩個劍客揮出了四劍，直指兩人胸口和手腕腕脈處。她竹劍揮出時，動作明明清楚可見，可是，每一個看到的人都有一種感覺，她這劍招是算準了你所有的前後動作，直指破綻而來，讓你避無可避，讓無可讓。

這兩個劍客都是隊伍中的菁英，卻是還沒有反應過來，便感覺到一股劍氣凌來，兩人同時向後一避讓開劍氣，剛剛退出，卻感覺到腕脈一痛，兩人手同時一鬆，佩劍落地。

「叮——砰——」

「叮——砰——」

聲音不絕於耳，轉眼間，又是二十柄佩劍落地。

這些劍客無一不是百戰高手，可眼下，卻是無人可以擋住這少女一劍之威。只是一眨眼間，少女便衝過了劍客們，來到眾劍師之前。

孫樂現在也有點眼力了，她越看越是驚心，轉頭向陳立看去時，發現他的臉色灰敗中帶著驚駭。

這少女的劍術，已超出他的認知了。

少女衝到劍師們面前，她頭一歪，朝他們一一打量了一番，清脆地說道：「你們也要擋著我嗎？」

眾劍師此時都是臉色煞白，少女此言一出，他們便齊刷刷地踏出一步，與少女正面相抗。

就在這時，孫樂清朗的聲音從後面傳來──

「讓開吧。」

「田公，此女極為可懼！」

這聲音來自她身邊的楚國劍師，他的聲音有點焦灼。

孫樂笑了笑，再次說道：「退下吧。」她苦笑著想著：你們又擋她不住。

劍師們相互看了一眼後，同時應諾退開。

青衣少女見狀，瞇著眼睛笑了笑，她咻地衝到孫樂身前，歪著頭盯著她上下打量了好一會兒後，清脆地說道：「他們要我來把妳趕出城去。」

少女的聲音清脆而無瑕，語氣頗為天真。

孫樂看著少女，徐徐問道：「如果我不欲出城呢？妳會不會殺了我？」

孫樂這話顯然難住了青衣少女，她歪著頭想了想，這時她眼角一瞟，看到了姬五。

對著姬五俊美無儔的面容盯了好一會兒後，少女瞇眼笑道：「姊姊，妳這哥哥好好看喔！啊，這麼好看的哥哥，真想天天看到喔！」

她這話一出，姬五臉色微寒。

青衣少女卻沒有注意到眾人表情不對，逕自側頭想了想。想了一會兒後，她目光又轉回孫樂身上。「哥哥這麼好看，他的孩兒一定也很好看。姊姊，你們以後生的孩兒，可不可以借我玩兒？」

青衣少女這話一出，眾人都是一噎。

孫樂臉上一紅，她不理會突然握緊自己手的姬五，笑盈盈地看著少女說道：「行啊，不過孩兒給妳玩了，我們會想他的。要不，孩兒給妳玩，妳也不和我們離得太遠？」

少女清脆地一笑，點頭道：「好呀、好呀！」

孫樂見她笑得好不開心，嘴角一揚。「妹子還欲趕姊姊否？」

少女細長的眼睛眨了眨，好一會兒後搖頭說道：「否。妳很好，又是女子，我不趕妳了。」

說到這裡，她衝著孫樂眯著眼笑了笑，清脆地叫道：「姊姊、好看哥哥，你們快點生孩兒喔！生了孩兒我再來找你們！」叫聲中，她身形一閃，只見一道青影如流光般在人群中閃過，再定神時已失去了她的蹤影。

孫樂望著少女的方向，久久不語。

好一會兒後，一旁的陳立低啞地說道：「此女劍術蓋世。就算有千萬劍客在此，也擋不住她，我竟是直到今日方知世上有如此劍術！」

孫樂點了點頭，低嘆一聲，說道：「走吧。」

她轉身再次向酒樓中走去。

剛剛轉身，一陣急促的馬蹄聲便傳來，馬蹄聲中，一個劍客急急的喝叫聲響徹雲霄——

「報！趙驅卒十萬，戰車八百，現距大越只有百里！」

「報！趙驅卒十萬，戰車八百，現距大越只有百里！」

叫聲朗朗地傳出，不斷的重複，轉眼間舉城皆驚。

孫樂迅速地轉過頭看向那急喝聲傳來的方向，她的前後左右，無數個越人正緊緊地向她盯來。

陳立等人也是面面相覷。

半晌，姬五低叫道：「怎地來得如此之快？」

是啊，怎麼來得如此之快？

對上數百上千人看來的目光，孫樂抿緊嘴唇。

這時，對面的街道走出一個越國劍客，他衝著孫樂大叫道：「兀那孫樂！此禍由妳而起，你們離開大越城吧！速速離開！」

這劍客的聲音一落，無數個越人同時大叫起來——

「離開大越城！」

「妳這女人，趙人是衝妳而來的，速速離開！」

「兵禍由妳而起，滾吧！」

「離開、離開！」

叫聲越來越響，越來越響，到了後來，已是數千人同時大叫著「離開、離開」。

孫樂沈著臉，面無表情。

眼看群情激憤，陳立在一旁不安地問道：「如何是好？」

孫樂望向城門方向，徐徐說道：「我們不能出城。只要出了這門，我等便死無葬身之地。」她說到這裡，冷冷一笑。「進酒樓吧！百姓如有衝擊，殺無赦！」

「喏！」

整齊的應諾聲中，孫樂的身子一轉，繼續向酒樓走去。

趙軍將兵臨城下，這可不是開玩笑的事。不管是對於越人還是越侯來說，這都是一場無妄之災。

只是幾個時辰，孫樂所住的酒樓外已是人山人海，群情激憤。

而越國君臣這會兒也來了不少，一個個遞帖求見孫樂。

孫樂沒有見他們。

她站在紗窗處，望著後山出神。

如果趙軍還沒有來，她自信憑自己的口才能說得越侯心動，以傾國之力護她。可是在這種她剛踏進越城，連越侯都沒有見一面趙軍就至的情況下，她縱心思百轉也是束手無策。

現在，出城是絕對不行的，但是這樣困在酒樓中也不是一個法子。

孫樂微皺眉頭，在房中踱起步來。她剛走了十幾步，便聽到外面傳來姬五的冷笑聲——

「我姬五前途如何、名聲如何，不勞你等操心！煩請告知族長，孫樂是我中意之人，她又為我得罪趙國，前來越國，這一次縱是亂箭射來，我也與她共赴死可也！」

在一眾喧囂吵鬧聲中，姬五這聲音不響，卻是聲聲入耳。孫樂腳步一頓，傾聽起來。

這時，姬五的聲音再次傳來——

「天下間所重者，無不是『信義』兩字！想我姬族本家，在天下間何等赫赫威名，卻原來護不得我叔子，也護不得一女子！哼，這樣的姬族，傳出去不免為世人所笑！」

他這兩席話很重，擲地有聲。那與他對話的人顯然給震住了，半晌吶吶，說不出話來。

孫樂聽到這裡，搖頭笑了笑，暗暗想道：要不是事態實在嚴重，姬族人也不會這麼不給情面。許是自己一行人還在路上，他們便偵知了趙人來攻的事了。

轉眼，她又想道：姬涼這麼說，是想激得姬族本家出面保護自己，可是與一國相抗是何等大事？姬族人又怎麼可能這麼輕易許諾？

見外面不再傳來姬五的聲音，孫樂便繼續把心神放在自救之上。

她在房中不斷地轉悠著，轉著轉著，她心神一動，推門走了出來。

隨著她的房門「咿呀」一聲推開，數十雙眼睛都向她看來。

孫樂越過一臉焦急的陳立等人，看向站在走廊處的越國大夫曾出。

在曾出的身後，站著幾個大臣和王孫，他們這是第一次看到孫樂，目光漣漣，打量不休。

孫樂走到曾出面前，深深一揖，朗聲說道：「曾出大人，你等不是想要孫樂出城嗎？還請帶孫樂面見越侯，我見過越侯後，一切都如君願。」

孫樂聲音清朗，表情從容。她原以為，自己這話一說，守候了兩、三個時辰的曾出等人必是喜出望外。

可是，她的話音一落，曾出等人卻是面面相覷，目露遲疑之色。

孫樂詫異地皺起了眉頭。

好半晌後，曾出雙手一叉，徐徐說道：「田公自出道以來，三言兩語間，便可令一國存，一國敗。田公口舌之利，天下人無不悉聞。曾出不才，不敢令公見吾君！」

孫樂愕然。

陳立等人也是愕然。

連剛從房中走出的姬五也驚愕得說不出話來了。

孫樂萬萬沒有想到，曾出等人害怕自己鼓動了越侯，竟是不敢讓自己一見！

陳立上前一步，冷聲哼道：「既然不敢讓田公見你家陛下，你等又為何前來？」

曾出面色如常，他叉手回道：「我等前來，只帶了嘴巴，可是不曾帶耳的。我等只是想告知田公一句話：請田公離開大越城，否則，越人怕是會驅趕之。以田公之威名，這般被一國驅趕，怕也是醜事一樁。田公如果不願遺醜世人，還請自出！」

這話可說得真是難聽。

孫樂臉色一沈，張口便要說話。

可是，曾出等人一見她張嘴，居然同時一禮，齊刷刷地轉身就走，竟是都不給她開口的機會！

這些人，還真如他們所說的那樣，只帶了嘴，沒有帶耳朵了。

頓時，孫樂又是好氣、又是好笑。

眼看著他們就要走出樓梯了，孫樂聲音一提，悠然說道：「樂此生無憾矣！越舉國之智，卻懼孫樂如虎，不敢讓孫樂有開口之機，孫樂僅此便可傲視天下才智之輩。多謝越人成就孫樂千秋承載之名！」

孫樂這話一出，曾出等人同時腳步一頓。雖然背對著自己，孫樂等人卻清楚地看到，那幾個王孫和大臣都氣得渾身發抖。

孫樂傲然一笑，雙手負於背後，靜靜地等著他們。

這時，一個王子再也忍不住了，他咻地一聲回過頭來。剛一回頭，他便對上笑得好不傲然灑脫的孫樂。

這王子臉色唰地脹得通紅，他身子一轉，便想衝上來。正在這時，曾出揪住了他的袖子，低低地說了一句。

這王子前衝的腳步一頓，面容一陣扭曲，恨恨地剜著好不悠然的孫樂，費了好大的力氣才扭過頭去。一回頭，他便甩掉眾人，蹬蹬蹬幾下衝下樓，消失在人群中。

孫樂望著他們離開的身影，微微一笑，舉步向房中走回。

她沒有注意到，不管是姬五還是陳立，或是其他劍師，此時看她的表情都有點異樣。

她更沒有注意到，這時候的自己所展現的風華直是絕代，直讓所有人都目眩神迷，心折不已！

陳立怔怔地看著孫樂，看著她踏入房中。就在剛才，他真切地感覺到她散發的萬丈光芒，那光芒如此耀眼，耀眼得讓看到的人心醉，讓人竟是以跟隨她為榮。

陷入僵局了。

每一天，越人都會派說客前來請孫樂自行離開，可是那些說客三言兩語便被孫樂說得羞愧而歸。

每一天，都有越人圍在酒樓外鼓譟。

在這種僵持中，趙軍越近，越來越近！

直到這一天，在越境一路通行無阻的趙軍來到了大越城外。

孫樂還在夢中時，突然聽到城外傳來地震山搖的吶喊聲，伴隨著這吶喊聲的，還有馬嘶聲及地面被數萬人移動所造成的震動感。

孫樂支起上身，轉頭向紗窗口看去，這時天空還只是濛濛亮，可是，無數的火把把天空照得一片通明，恍如白晝。

趙人兵臨城下了！

孫樂起身，套上深衣。她剛洗漱完，外面便傳來陳立的聲音——

「田公，趙軍已到，如此奈何？」

趙軍來了，為她而來！在這個崇尚血勇的年代，孫樂既然沒有得到越人的真心庇護，她這個時候是要出面的，是要與她的對手面對面相晤的。她如果再藏在城中，那就是懦夫了，會被天下人笑話的。

孫樂清朗的聲音傳出——

「既然來了，那我等相迎便是。」

「喏！」

整齊清楚的應諾聲中，穿戴好的孫樂推門而出。在門外，皎如玉樹的姬五正雙眸如星地看著她、等著她。

四目一對，兩人都是一笑。

姬五伸手握緊了孫樂，和她一起向樓下走去。

這時候，兩人都是一臉輕鬆。

可是，所有人都知道，這一去，是九死一生！

本來，這件事姬五完全可以置身事外，想來他就算站在刀山火海中，也沒有人願意對他揮刀的。

只是，不管是孫樂，還是姬五，都存了同生共死之心。也許下一刻，當他們出現在城頭上時，便會被萬箭穿心。

兩人同上一輛馬車，四手緊緊相握。

在他們的身後，眾劍客都騎上了坐騎。

在火把光染紅的晨曦中，無數越人從各自家中伸出頭來朝他們張望。

馬車上的孫樂和姬五掀開了車簾，他們俊美嬌柔的面容清楚地顯現在世人面前。此時，這一對璧人都帶著笑，表情從容，眼神溫柔。這樣的兩人，讓越人看著看著，心中生出了一股說不清、道不明的意味。

馬車行進得很慢，從酒樓到城門也很遠。

直用了近一個時辰，天已大亮，太陽高掛在東方時，孫樂等人才來到了城牆下。

當孫樂和姬五出現在城牆處時，城外擺得整整齊齊的趙卒同時吶喊出聲。

吶喊聲中，幾百乘分開兩旁，讓出一條道來。

一個騎士策馬而出。

這騎士全身銅甲，蒼白俊朗的臉上帶著刻骨的恨意。他抬頭看著孫樂，朗聲笑了起來。

「孫樂！妳也有今天？」

這人，是趙大王子！

他自孫樂出場後，便一直一瞬也不瞬地盯著她，滿眼恨意中不掩驚愕。他實在想不到，不過這麼兩年，那個醜女孫樂已成了翩翩佳人了！

他盯著孫樂，恨恨地叫道：「我真恨啊！那日在邯鄲時，便應該由得十九弟取了妳這惡毒醜女的性命去！」

趙大王子這句話一出，人群中立馬發出一陣「嗡嗡」的議論聲。許多人都聽不懂他這句話，眼前的田公孫樂，溫婉秀美，宛然一佳人也，怎麼他卻用上了「惡毒醜女」的形容詞？這不是胡說八道嗎？

感覺到眾人的驚愕不信，趙大王子重重一哼，也不想分說。

呼地一聲，他右手一舉！

隨著他手一舉，旗令手嘩嘩地揮了揮。

轉眼間，一隊獸甲箭士如洪水一樣滾出。他們衝到了隊伍之前，蹲身，抬手，仰弓對著孫樂。

足足一萬的弓箭手！

寒颼颼的箭頭對著孫樂，整個天地間除了馬嘶聲，便是壓抑的呼吸聲。

趙大王子冷冷地盯著孫樂，目光一轉看向姬五，朗聲說道：「叔子，趙與孫樂的恩怨與你無關，請讓開，免得成為箭下之鬼。」

姬五冷冷一笑，把孫樂一扯，自己擋在了她的面前。他清朗地說道：「我與孫樂同生共死！」

「哈哈哈哈……」趙大王子仰頭大笑起來，一陣大笑後，他朗聲喝道：「好！既然如此，那本殿下也就不客氣了！」他冷冷地說道：「想叔子既是命稟蒼天，那我這箭應是射不死你！」

說到這裡，他向後退幾步，厲喝道：「準備舉弓！」

「嘩啦啦」地一聲響，萬名箭手同時抬頭仰弓。

孫樂低低地一聲長嘆，她徐徐轉過頭去，與緊握自己小手的姬五四目相對。

兩人對視一笑後，孫樂對陳立等人冷喝道：「趙人要的是我孫樂的頭顱，你等速速退下！」

陳立等人面面相覷，他上前一步，正要說話，就在這時，一陣排山倒海的馬蹄聲傳來！

這馬蹄聲真是排山倒海，捲起的煙塵直達天際。

城頭上下，數萬人都是一驚，不約而同地掉頭看去。

卻見蒼茫大地上，無數黑甲騎士如洪流一般向這邊捲來。

洪流中，一個清朗的、熟悉的朗喝聲傳來，引得山鳴谷應——

「呔！楚國弱王在此！誰敢傷我姊姊？」

黑騎如洪流，喝聲如雷響！

天地間，那一聲「楚國弱王在此！誰敢傷我姊姊？」的喝聲久久不絕。

孫樂驚住了。

趙大王子也驚住了。他臉色有點白，來的可是弱王名揚天下的黑甲軍啊！楚軍很多，看不到邊，怎麼數也不會比趙軍還少。

趙大王子瞇著眼，回頭看了一眼城牆上的孫樂，又看了一眼迅速逼近的楚軍。如果他現在下令發箭的話，孫樂是難逃一死。可是，她如果死了，自己豈不是會正面承受楚弱王的所有怒火？他帶來的士卒，差不多是趙國的大部分兵力了，如果因孫樂一人全部葬送，可是極不划算啊！

在趙大王子的遲疑當中，楚軍已然逼近。

楚弱王手一揮，「嗖嗖嗖」的一陣鈍響，十數萬楚軍整齊地停下腳步，四散分開，與趙軍正式形成兩軍對壘之陣。

如今，趙國的前面是大越的城門，後面便是持戈相向的楚人。

到了這時，趙大王子已放下了攻擊孫樂的準備了。他算了又算，孫樂不過是一個玩弄口舌的女人，而且，她現在女子之身被世人所知，料想別國諸侯也不會再用她了，實不足為害。

他想到這裡，右手朝空中一劃。

隨著旗語打出，一眾趙卒整齊地向左側靠攏，車騎鋪天蓋地的煙塵中，趙人已迅速地退到了一側。

他這是讓開路給楚人了。

看來，危險終於過去了。

孫樂長長地吐出一口氣，突然發現自己渾身無力。正當她伸手想拭去額頭的汗水時，感覺到握著自己的姬五的手掌有點僵硬。

孫樂回過頭來看向姬五，此時的姬五，正緊抿薄唇，強忍著緊張和不安。

他感覺到了孫樂的目光，便把視線從戰場上轉向她。四目相對，姬五清澈如秋水的眼眸閃了閃，低低地說道：「孫樂，我很害怕。」

孫樂抬頭看向他。

姬五又抿了抿唇，低聲說道：「我懼怕楚王的手段，害怕妳回到他身邊。」他眼波如水，愁意流蕩。「孫樂，為什麼與妳在一起後，我歡喜時無言可以形容，害怕時又是這般心悸？」

這便是愛啊！真正愛上一個人時，有誰不是患得患失？

孫樂緊緊地握著他的手，溫柔地說道：「弱兒是王者，可姬涼你卻是超然世外人。公子，你剛才險死還生也不曾怕過，為何現在又害怕來著？死亡也不會把我們分開，還有何力量讓我們離別？」

孫樂的聲音溫柔如水，侃侃而來。

姬五嘴角一揚，俊美無儔的臉上綻開一朵笑。「不錯，死都不懼，又何懼其他？」他剛說到這裡，馬上皺起眉頭補充了一句。「可是，死不可懼，這比死可懼些。」

孫樂一笑，正要開口，一陣馬蹄聲清楚地傳來。

孫樂和姬五同時轉過頭去。

卻見趙人讓開了的道路中，一隊黑甲騎士緩緩策馬向前。走在最前面的那個青年，戴盔束甲，俊朗威嚴，雙眸如星地緊盯著城牆上。

來人正是楚弱王！

第三十一章　再見弱兒情何堪

黑甲騎士穿過數萬趙軍，在滾滾煙塵中來到城牆下，在離城牆僅五十步的地方停下。

弱王仰著頭看著孫樂。

他烏黑的眸子在頭盔的陰影下，令孫樂看不清切。

弱王緊緊地盯著孫樂看了一會兒後，轉頭看向與她並肩而立的姬五。

他的目光緊緊地盯著姬五，許久都是一瞬也不瞬的。姬五面無表情地低著頭與他相對，秋水樣的雙眼中也沈靜如水。

兩人都沒有說話。

不知不覺中，本來時有鼓譟的幾十萬大軍也感覺到了這兩人之間的劍拔弩張，漸漸地，所有的聲音都消失了，無數雙眼睛都向他們打量著。

城牆很高，掩住了孫樂和姬五緊握的雙手，只是那並肩而立，宛如天造地設般的身影，就令得弱王眉頭緊鎖，臉沈如水。

古怪的壓抑中，弱王一拉韁繩，令得胯下坐騎長嘶一聲後，轉頭對著孫樂叫道：「弱兒來晚了，姊姊可是受驚了？」

他目光灼熱地盯著孫樂，再也不瞟姬五一眼，似乎根本就沒有發現，他就站在孫樂身邊。

孫樂雙眼微斂，忍不住綻開一朵燦爛的笑來。「沒有！弱兒能來，姊姊不勝歡喜！」

她也曾想過，如果見到了弱兒，兩人會不會生疏得無話可說？如果弱兒知道了雉大家的事，會不會視自己如仇敵？

他這般縱容雉大家害自己，令自己一再身陷險地，甚至這次趙傾國進攻之事，也是那女人公布了自己的女子之身才發生的。這樣的弱兒，自己再見到他後非得痛罵他一番，甚至想到恨處，巴不得刺他一劍半劍的方才消氣。

可是，這林林總總，在四目相接的一刻，全部煙消雲散。

這便是弱兒啊！他在自己最危難的時候來了，在他的心中，自己始終是他姊姊！

這張俊朗的面容，自己有多久沒有見到了？一年多了吧？

孫樂直到現在才發現，自己無比地思念著他，這種思念之濃，令得她都生不起恨意，也不相信兩人之間會有生疏。

孫樂嘴角一揚，秀美的臉上浮出燦爛的笑。「弱兒能來，姊姊真是開心！」

這一句話，已是溫柔至極。

她的聲音一落，便感覺到緊握著自己的那隻大手在顫抖、顫抖。

孫樂一怔，馬上回過神來，她把目光從弱兒身上移開，轉向姬五，仰頭溫柔地說道：「我與弱兒是姊弟之情。姬涼，除了你之外，他便是我最親的人了。」

她在說出「我與弱兒是姊弟之情」時，姬五嘴角一揚，本來有點發白的俊臉已是容光煥發。

他看著孫樂，低低地、頗為羞澀地說道：「我多心了。」

孫樂露出雪白的牙齒燦爛一笑。

就在孫樂對著姬五笑得燦爛時，弱王沈沈的聲音從城牆下傳來──

「姊姊，妳確是無恙？」

「然也。」

「越人不曾相侮於妳？」

這句問話一出，孫樂便聽得城牆上的那些越人呼吸都屏住了。

孫樂燦爛一笑，朗聲應道：「然也！」

「善！」弱王朗聲說道。

他策馬轉頭，面對著趙國大王子，朗聲喝道：「趙家子！可欲一戰？」

趙國大王子聞言，臉色一青。

他還在思考這個問題，一直決定不了戰是不戰？雖然說就此一戰的話，他未必就沒有取勝之機。可是，就算戰勝了，他又能得到什麼？這可是什麼也得不到啊！

弱王雙目如電地盯視著趙大王子，見他如此神情，不由得哂然一笑，手一揮，朗聲喝道：「既然我姊姊無恙，那我們也無仇恨！趙家子，請吧！」

他竟是在越國的土地上，對趙大王子發出逐客令！

趙大王子臉色又是一白，他緊緊地抿了抿唇。

這時，一個賢士湊到他身後，低聲說道：「殿下，為了千秋霸業，必須忍了。」

趙大王子點了點頭，他手一揮，厲聲喝道：「撤——」

「撤」字一出，旗令手連連揮動。轉眼間，趙卒前車轉後車，後車轉前車，慢慢向後退去。

趙人經過連續兩場大戰，現在的兵卒已比以前精良了，這一次撤退有條不紊，不一會兒工夫便捲起漫天煙塵，漸漸消失在眾人的視野當中。

終於退了！

陳立等人都是喜笑顏開。

這時，一陣腳步聲傳來。

越大夫曾出「蹬蹬蹬」地跑到了孫樂面前，他雙手一叉，低著頭頗為羞愧地說道：「田公，城門已開，請與弱王相會吧！」

孫樂聞言先是一怔，轉而笑道：「楚王帶大軍而來，越人懼矣？」

曾出低頭不回話。

孫樂哈哈一笑，帶著眾人率先向城下走去。

這時刻，姬五仍然緊緊地握著她的手，他不但握著，而且越來越緊。

孫樂知道他的不安，也緊緊地反握著他。兩隻手緊緊相纏，濕濡濡的一片。

大越的城門確實已經打開，越國的百姓這時也擠了滿城，他們看到孫樂和姬五走下，一個個伸手指點不休。

「那美男便是叔子？曾聞他是天下第一美男，貴女們見了無不心動，果然！」

「田公孫樂也是一佳人呢！」

「以女子之身而有丈夫之名，真威風啊！」

「威風有啥用？趙以傾國之力攻之，就算是丈夫也受不起，何況她一婦人？居家相夫教子多麼安逸呀！」

不絕於耳的議論聲和指指點點中，孫樂和姬五面無表情地轉過身，走出了城門。

他們剛剛走出，城牆上便傳來曾出頗為客氣的說話聲——

「弱王陛下帶十數萬軍前來，請恕我等膽怯，不能開門禮迎！」他頓了頓，又提高聲音朗朗地說道：「如陛下可以駐軍於此五十里外，我願代吾君迎陛下入城一宴！」

楚弱王哈哈一笑，叉手朗聲回道：「哈哈哈……孤因急於救姊，事出匆促，實有不得體之處，還請越侯勿怪！至於入城就不必了，孤接得家姊，馬上便會離開越地！」

曾出大大地吁了一口氣，不只是他，所有的越人都大大地吁了一口氣。

「咿呀」一聲，大越城門緊緊關閉。

弱王收回笑容，轉頭看向走來的孫樂。

此時此刻，孫樂和姬五依然手握著手。溫婉美麗的孫樂，俊美如玉的叔子，這麼並肩而來，彷彿天造地設。

弱王俊朗的臉上笑容依舊，他緊緊地盯著兩隻相握的手，緊緊地盯著，半晌都不眨一下。

在他的目光逼迫下，孫樂清楚地感覺到，姬五的手握得更緊了，他是如此的用力！

終於，半晌後，弱兒的目光從兩隻緊握的手移開，看向孫樂。

當他的雙眼轉向孫樂的臉上時，那抹深邃迅速消失，幽深的眸子中漸漸浮出一抹委屈來。他緊緊地瞅著孫樂，薄唇微抿，眼光中似有千言萬語，可這林林總總，表達出來的就是「委屈」二字！

弱王委屈地看著孫樂，看著他們緊握的手，一臉控訴。

他只是控訴地盯著孫樂，卻是一句話也不說。

面對著他的目光，不知不覺中，孫樂的臉一側，避了開來。她的臉這一側，正正地對上姬五俊美得無懈可擊的側面。

看著他，孫樂心中便是一滿。

當下，她徐徐地轉過頭去，再次與弱王四目相對。

再一次，弱王的目光閃了閃，驚愕沈痛之中轉出厲色來。

不過，他的眼神變化只是一瞬，只是一眨，便被他給完美地掩藏住。

弱王縱身下馬，大步走向孫樂兩人。他徑直走到離兩人只有兩步處的地方才站定。雙手一叉，弱兒對著姬五咧嘴一笑，露出白森森的牙齒。「上次與叔子一別之後，孤不勝想念，今日得以再見，實榮幸之至。」

姬五僵硬地笑著還禮。「好說好說。」

弱王轉過頭來看向孫樂，他輕嘆了一聲，目光轉為深邃。上前一步，弱王與孫樂面對著面。

同時，他右手伸出，不動聲色地扣上孫樂與姬五緊握的手。

只見他重重地朝兩隻手一握，在握出的瞬間，他右手食指迅速伸出，輕輕地在姬五的巴掌根處撓了撓。

弱王這個動作輕柔、隱蔽，曖昧至極。

姬五自幼俊美遠超常人，最是厭惡男性的異常碰觸。弱王的手指這麼一撓一撓的，他的心頭便如吃了十幾隻蟲子一般的難受。

他忙不迭地把手一鬆，避開了弱王的手指。

可是，這便是弱王的目的啊！

姬五剛一鬆手，弱王便趁勢伸出，牢牢地握緊了孫樂的小手。在握緊她小手的同時，他不動聲色地上前一步，這一步，便牢牢地插入了兩人中間，把姬五擠了開去。

孫樂感覺到姬五的離開，抬頭正要說話，弱王已低下頭溫柔地看著她的雙眼，低低地、溫柔地、無限思念及感懷地說道——

「姊姊，這一別有一年一個月零三天了！」

孫樂一怔。弱兒他，居然連分開的日子也記得這麼仔細？

瞬時，感動如潮水一般襲來。感動中，她湧到了嘴邊的話便都給忘乾了。

孫樂綻開一朵愛憐而歡喜的笑容，輕輕回道：「是啊，一別經年。姊姊曾以為再相見時會物是人非，幸好不是這樣，幸好……」

她說到這裡時，實是百感交集，不知不覺中聲音有點哽咽。

弱王動了動，完全地把姬五擋到了身後。

他如癡如醉般地看著孫樂，微微斂下眼睫，低低地說道：「弱兒這一年都在害怕中。姊姊遊走諸國時，弱兒怕姊姊被諸侯殺了，後來姊姊的身分被雉女揭穿後，弱兒既痛恨自己不能前來保護姊姊，又痛恨自己的愚笨。」

當弱王說到雉女時，孫樂的心完全揪起來了。她眨了眨眼，一動也不動地低著頭傾聽著。

弱王苦澀的聲音還在傳來——

「可是，這些都不算什麼！弱兒接到姊姊回書的那一刻，真如天雷劈中，直是六神無主，心驚肉顫又痛悔至極！」

他說到這裡，把孫樂的另一隻手也握上。他抬起孫樂的雙手，癡癡地看著孫樂的雙眼，啞著嗓子哽咽道：「姊姊，妳是我的姊姊，就算弱兒一時糊塗，妳也不能那般給我回書啊！姊姊，弱兒從來沒有這麼痛苦過！從來沒有這般悔恨過！」

弱王說到這裡時，直是紅了雙眼。

孫樂聽著聽著，心中也有點愧疚了。只是她在愧疚中未免有點糊塗。我那回書中沒有寫什麼呀！我只是把自己的氣恨表達了一些些呀！

她沒有注意到，弱王說到「痛苦悔恨」時，眼角瞟向了姬五的方向。當然，姬五被他完全擋在身後，他自己也瞟不到。

弱王緊緊地握著孫樂的雙手，他抓著兩隻小手向胸口一貼，沙啞著嗓子說道：「姊姊，弱兒知道錯了。」

知道錯了？他認錯了？

孫樂怔怔地抬頭看向弱王。

弱王的心臟在她的掌心中急促地跳動著，他紅著雙眼，澀著聲音低低地、徐徐地說道：「姊姊，雉姬已被我殺了！」

啊？

孫樂雙眼瞬時瞪得滾圓。

弱王沈聲說道：「姊姊，妳行事還是有不妥之處啊！雉姬此女天性聰明，又謂為天下第一美人，妳既然已走出了第一步，為什麼還要留她在齊侯手中？妳就不怕她終有一天會振作過來，然後傾全力對姊姊妳打擊陷害嗎？姊姊，有些隱患只有鏟除後才可無憂的。」

孫樂還是沒有從震驚中清醒過來。

弱兒居然把雉姬給殺了？

他居然把雉姬給殺了?!

弱兒所說的鏟除隱患、斬草除根的話她明白，她也知道自己當時放過雉女，沒有乾脆把她殺了是愚蠢的行為，那樣一個女人留在齊侯的身邊，會有太多變數，很有可能令自己萬劫不復的。

例如，她在取悅了齊侯，完全掌握了齊侯後，可以很輕易地把到了齊地的自己和姬五誑殺！

她當時雖然判斷雉姬不會有再起之日，可是，那種判斷畢竟是個人的、情緒的，有可能出錯的。真正無後患之憂的做法，便是殺了雉姬！

可是，做這事的卻是弱兒。

這時刻，孫樂的心中不由得想道：弱兒他，已成長為一個合格的王者了。轉眼她又想道：雉姬與弱兒相處多年，未必便沒有感情。弱兒他怕我日後有所不測，竟然殺了雉姬，他對我還是處處維護的啊！

孫樂從弱王的話中，聽出他完全知道雉姬之事是自己所為。也對，當時隊伍中便有楚國劍師在，他們也一併傾聽了自己的那招借刀殺人之計。弱兒是當事人，他又聰明無比，只要一聽到那席話，便會明白自己所言是詐。

不過這事讓弱王知道也好。

十數萬軍中，越國的都城城門外，這三個人中龍鳳都一動也不動。孫樂是怔怔地出神，弱王是靜靜地等著她，而姬五，則是站在一旁，溫柔平和地看著孫樂。他知道孫樂與弱王久別重逢，定有許多話說，因此把弱王擠開自己的事放開了去。

也不知過了多久，孫樂長長地吁了一口氣，低聲說道：「弱兒，當時姊姊真的很傷心，真的很傷心……」她說到這裡，又是一聲嘆息。不知為什麼，她以前在腦海中排練過無數次，準備再見弱兒後便向他指責、向他申辯的話，事到臨頭，她卻是一個字也不想說了。

嘆息中，孫樂低聲說道：「不過事情也過去了，都過去了。」

嘆息化入風中，久久不絕。

弱王看著孫樂，點了點頭。他抬眼看向大越的城頭，城牆上，站了一城的越人，其中不少是錦衣綢服的王孫權貴。

弱王一雙厲目掃過一眾看熱鬧的越人後，牽著孫樂的手向前走去。「姊姊，還是上了馬後再說話吧。」

「然。」

孫樂應了一聲後，頭一轉尋找起姬五來。

不一會兒，她在另一側看到了玉樹臨風的姬五，對上了他清淨溫柔的眸子。

四目相對，姬五銜著她溫柔一笑，孫樂不由自主地也回他一個微笑。

弱王站在一旁，看到兩人四目相交，握著孫樂的手不由得一緊。

他的手剛剛緊了緊便又恢復了正常，在姬五和孫樂沒有注意到的角度裡，弱王的眼眸中閃過一抹痛悔。要是早知道一封要姊姊放雉姬一馬的竹簡便導致這兩人在一起，我一定不會書那麼一封竹簡！

他心中悶痛，不由得把孫樂的手舉了舉，笑呵呵地轉向她說道：「姊姊，弱兒一直都想來找妳，可剛把國內的一些事安排好，就偵知趙人要動兵來殺了姊姊，便又忙著調兵、佈置。幸好來得及時。」

他隨口說到這裡，心中卻湧出一股後怕。他停下腳步，轉身扳過孫樂的雙肩，朝著她上上下下打量著，看著看著，他雙臂一伸，把孫樂緊緊地摟在懷中，顫抖著聲音說道：「幸好來得及時，幸好來得及時……」

他一遍又一遍地重複著這六個字，聲音沙啞，摟著孫樂的手臂也有些顫抖。

孫樂感動莫名，伸手把他相抱，輕輕地說道：「沒事了，都過去了。幸好弱兒來得及時，你看姊姊可不是毫髮無傷？」

孫樂也有點後怕。弱兒要是再晚來半個時辰，就只能給自己收屍了！

兩人還沒有走到馬匹前，說著說著便摟到了一塊兒。這一下，不管是楚人，還是城頭上的越人，都是面面相覷。特別是越人更為吃驚，他們可是親眼看到了孫樂與叔子相依相偎的，怎麼這會兒工夫，楚弱王又與她如此親密了？

兩人擁抱了一會兒後，弱王低低地求道：「姊姊，與弱兒一道回楚吧？」他說到這裡，感覺到孫樂的身軀輕輕掙扎了兩下，脫離了他的懷抱，弱王順勢放開，又補上一句。「妳和叔子跟我一道回楚吧。」

孫樂想了想，轉向一旁的姬五，莞爾一笑，眼波如水。「這事由姬涼作主吧。」

弱王放在腿側的雙手不可控制地顫抖了一下，一抹沈痛伴隨著殺機一閃而過。

姬五聽到孫樂說由自己作主，心中一暖，他溫柔地對上孫樂的雙眼，也是一笑。「孫樂決定便行。」

孫樂聞言幽幽嘆道：「且讓我思量幾日。」

她尋思著。如此跟著弱兒回到楚國自是最好，可是，姬五他必不會開心。他本來受著世人敬仰，日子自由自在，我不能讓他過得憋屈。

可是，不回楚國的話，我們又能到哪裡去呢？不對，我如果想與姬五一起過那種自由生活，趙國的事還是要解決！可是，要怎麼做才能解決呢？

尋思中，孫樂和姬五各坐上一輛馬車，跟在楚軍的隊伍中慢慢向前行進。

十數萬楚軍浩浩蕩蕩行進，激起漫天煙塵。

弱王策馬走在孫樂的馬車旁，他對著馬車中這張嬌美的面容，不由得輕嘆道：「姊姊，妳真的變美了。」

他說到這裡，聲音沈沈的。「姊姊，以前在姬府時，弱兒曾經說過，如果姊姊的面目能變好看些，弱兒便當著天下人的面風光迎娶姊姊為妻。可是姊姊現在變美了，反而與弱兒疏遠了。」

這一次再遇，弱王清楚地感覺到，不管自己如何行事，孫樂終不似以前那樣對自己親密無間了，她竟是時刻顧及著姬五的感受！

孫樂笑了一下，眼波瞟向姬五的馬車，輕輕地說道：「弱兒，我們都是大人了。」頓了頓，她又說道：「就算是姊弟相稱，也得有男女大防。」

弱王聞言俊臉一沈。

他深深吸了一口氣，把怒火壓下去，輕聲說道：「男女大防？姊姊妳跟我說男女大防？」

孫樂眨了眨眼，對上弱王明顯壓抑著怒火的面容，她輕輕地、低低地回道：「弱兒，我是真的喜歡上——」

「姬五」兩個字還梗在咽中，弱王已經又急又怒地喝道——

「姊姊！」

他這一聲暴喝，及時地把孫樂的話給堵了回去。

孫樂怔怔地望著弱王，望著他一臉的悲傷和沈痛。

半晌後，她嘴唇動了動。她很想說「弱兒，做一輩子姊弟不好嗎？」，她又想說「弱兒，忘了姊姊吧，這天底下美人無數，任哪一個都會給你帶來滿足和幸福的」。

可是，這些話她一句也說不出來。她看得出，現在的弱王胸中有著一股熊熊的鬱火，現在根本不是說這些話的時機。

弱王的那一聲暴喝，早把周圍的人都給震住了。

姬五掀開車簾，不時向兩人看來。看著看著，他那雙秋水般的雙眸中盈滿了喜樂。

弱王緊緊地抿著薄唇，一張俊朗的臉上時而發青、時而慘白。

所有人都看到了弱王處於暴怒的邊緣，一時之間，四周的人聲都消失了，只有馬蹄聲、車輪滾動聲及腳步聲充斥在空氣中。

孫樂望著弱王，無聲地嘆了一口氣。

弱王鐵青著臉，握著韁繩的手在顫抖，他費了好大的力氣，才讓自己不衝到姬五面前，一劍把這個懦弱無味的男人給殺了去！

吐了一口氣，又吐了一口氣，良久後，弱王的臉色終於恢復了正常。

時間飛快地流逝，漫天煙塵中，再過數十里便到達吳境了。

這時，不時有吳卒在周邊遊走，看來楚國大軍的前來，令得吳侯相當不安啊！

孫樂看了一眼那三、五十人一群的吳國斥候，吐出一口長氣，轉向弱王說道：「弱兒，姊姊想好了，我們暫不回楚國去。」

弱王一怔。

他轉頭看向孫樂，眉頭緊皺，沈聲說道：「姊姊妳可想清楚沒有？現在趙軍雖然退了，可是各諸侯國怕是無人敢收留妳。再說，妳女子身已露，還會不時有刺客前來，而妳身邊的衛隊死傷大半，已無力護妳。姊姊，現在除了楚國，妳是無處可去！」

孫樂笑了笑，目光炯炯，臉上揚起一抹自信，神采飛揚地說：「此事稍後再議。」她轉過頭看向弱王，笑得好不邪惡。「弱兒，我們快到吳國了。」

「然。」弱王怔怔地看著孫樂，看著她突然變得容光煥發的臉，看著看著，他突然聽到了自己心醉又心碎的聲音。

孫樂沒有察覺他的異常，她目光眺向吳國方向，悠然說道：「趙人從越回趙，必經吳！依行蹤估計，他們現在已入吳境矣。」

孫樂輕輕一笑，眼睛微陰。「弱兒，你給我一個伶牙俐齒之人，我有話要轉達於吳侯。」

弱王迅速地反應過來。「姊姊，妳想把那十萬趙軍留下來？」

「然！弱兒果然聰明。」孫樂瞇著眼睛看著雲山連綿處，說道：「到那時，還需要弱兒出手。咱們來個前後夾擊，務必把趙卒全殲於此！」

她說到這裡，目光漣漣地看向弱王，聲音無比溫柔。「弱兒為救姊而來，如果只是救出姊姊這麼一個女人，勞民傷財無功而返，未免會被天下人輕之。但是，弱兒若就此全殲趙人，那天下人都會敬畏於弟。有所謂『楚威凌於世，聞者皆避之』。弟要護我孫樂周全，便無人敢動我孫樂一根汗毛！弟日後要庇護他人，那些蠢蠢欲動者必會衡量一下輕重。」她微笑道：「只需來一場損失無幾的戰役，弱王之名便可揚威於天下間。」

孫樂說完這席話後，卻久久沒有聽到弱王的回答。

孫樂一怔，微笑的表情不由得一僵。

弱王靜靜地看著孫樂，靜靜地看著，許久之後，他低沈地嘆道：「姊姊要我出兵，難道弱兒還會推託不成？姊姊，妳對我都用上說客之技了，看來在姊姊心中，終是不信任弱兒啊！」

孫樂傻眼了，轉眼間，她的小臉一紅，轉過頭去。

弱王見孫樂不自在，也不再說什麼，他只是無比失落地低嘆一聲。

那嘆息聲一出，孫樂再次臉紅過耳。

弱王伸手招了招，向靠近自己的一個劍客說道：「且叫慶惡來。」

「喏。」

那劍客應聲策馬驅向賢士們的馬車處。

待那劍客走了後，孫樂還兀自不好意思著。弱王剛才的話是真的說得不錯，她剛剛是用了口才鼓動於他。

孫樂細細想了想，其實也不是不信任，她只是覺得動兵征戰這樣的大事，弱兒不可能由著她的性子來，她只是為了穩妥起見才這麼說來。可是話說回來，她不敢相信自己一開口便可令弱王同意出戰，這種想法本身便是一種不信任。或者說，不自信。

在沈默中，一輛馬車迅速靠近，車簾掀開，一個二十七、八歲，面孔白皙、留著三綹長鬚的賢士向弱王叉手言道：「陛下，有何吩咐？」

弱王說道：「慶惡，孤欲令你前去吳國，面見吳侯，可否？」

「喏。」

弱王點了點頭，朝著孫樂一指。「此是田公，面見吳侯後要說些什麼，她會交代於你。」

「喏。」

孫樂見慶惡的馬車靠近，當下伸出頭去，低聲交代起來。

她的聲音沒有刻意壓低，弱王可以輕易聽到。不過他卻沒有傾聽，不但沒有傾聽，他還策馬離開了兩人少許，遠望著青山隱隱的天邊出神。

孫樂要說的話其實只有幾句，她交代時，便發現了弱王故意避開的行為。弱王的行為，讓她心中更不舒坦了。隱隱地，她覺得自己確實是傷害到弱王了。

孫樂一說完，慶惡便帶著一些賢士、劍客，向吳國的方向加速前進。

弱王一直望著天邊出神，似乎沒有發現慶惡等人的離開。他怔怔地望著那青山連綿處，想道：姊姊為什麼還不信任我？難道是因為雉姬之事？不對，雉姬之事與此無關，她剛才的行為明顯是下意識的。

難不成，姊姊心中始終有一座心牆，我從來都沒有進入過？

一時之間，自幼時相識以來，兩人相處的情景在他心頭一一流過。那時候，自己孤苦無依，衣食無著時，她抱著自己哭著說「弱兒，我們相依為命吧」。後來，那半年的相處中，一切大小事她從來都是自己去做，從來都不怎麼要求自己的。他一直以為這是孫樂對自己的溺愛，可是現在想來，這也可能是因為她沒有真的把自己當成家人啊！自己與她之間一直有著生疏啊！

正因為生疏，她才寧願自己親力親為，也省得要費盡口舌來要求自己啊！可為什麼那樣的相處還是生疏著呢？難道是因為姊姊的心中有一堵高牆？

想到這裡，弱王又是一聲長嘆，他又想道，一年多前，她抱著自己說，她要找的男人必須只有她一個女人。她這個要求，這一年多來自己一直尋思著，特別是聽到孫樂與姬五在一起的消息後，自己更是時刻都在想著。

難不成，姊姊如此要求，並不是因為她的妒意遠勝常人？她只是因為不自信，也不相信於他？她覺得自己有了其他的女人，就會棄她於不顧，就會不再珍惜、疼愛於她？

對了，她選擇姬五這個簡單的男人，只怕是因為這個男人可以讓她不再害怕，可以讓她更自信一點。

是了，一定是這樣！

我的姊姊一直是個膽小鬼，她小心地生活著，她小心地與人相處著，她不敢向別人要求，她也不敢相信別人。

她，實際上一直都不知道、都不相信，她在我心目中的地位是如此之高！我拋下國事，勞民傷財，耗費無度地帶著大軍遠涉萬里來救她，她卻還是不敢向我直接要求出軍。

原來，她從來都不相信，我是如此地歡喜著她、依靠著她、愛著她，我不能沒有她啊！就算天下所有的女人加在一起，也不如一個孫樂啊！

慶惡走了，孫樂的安排卻還沒有結束。她本來是準備與弱王商量後，由他出面的。現在見他因為自己不直接出言借兵便惱火了，她也不敢商量了。

她抿緊唇，略一遲疑，便驅動馬車向楚國賢士們湊去。不到一刻鐘，她已把一切安排妥當。

孫樂回到隊伍的前沿，討好地對著弱王笑了笑後，轉向姬五神秘地笑道：「姬涼，你何不書簡一封予齊侯，就說趙大王子全軍覆滅，趙已無精兵，齊若趁此時機以復仇之名攻之，可得趙半壁江山矣！」

孫樂此言一出，眾人都是一怔。

姬涼驚喜地叫道：「此言當真？孫樂，妳從此可無懼趙人矣！」

姬涼聽到這事後，第一反應並不是他的家國得以壯大，而是我安全無憂啊！

孫樂心中一陣感動，笑盈盈地說道：「然也！」

她說到這裡，有點感慨地嘆道：「可惜諸國皆講究師出有名，不然晉、魏、齊等國同時夾擊，趙不滅也難有再起之日。」她說到這裡，淺淺一笑，尋思著說道：「或許，魏亦可以報仇之名侵之。」

弱王雙眼深邃地在一旁看著孫樂，聞言笑道：「姊姊何不書上幾句？孤派一魏人送予魏侯便是。」

孫樂笑著點了點頭，此時此刻，她臉上自信飛揚，似乎趙大王子的那十萬趙卒已全部埋屍眼前。

弱王、姬五等人打量著孫樂，心中既是好奇，也是不信。*趙卒可是有十萬啊！車也有八百乘！孫樂憑什麼這麼自信？*

吳侯宮中。

「陛下，信文君有急事求見陛下！」

吳侯是個二十八、九歲，臉色蒼白中透著青黑的少年，長時間的浸淫酒色，已掏空了他的身體，那瘦長的身軀已不勝風力。這幾年來，諸國混戰不休，吳人因遠離中原，卻頗為安樂。

此時吳侯半倚在榻上，嘴裡含著一粒葡萄，他的身邊，王后和另外三姬正巧笑嫣然地向他爭先獻媚。

聽到太監的急報後，吳侯毫不在意地揮了揮手，叫道：「叫王叔進來吧。」

「喏。」

「宣信文君覲見——」

太監尖峭的長喝聲中，一個中年胖子帶著兩個賢士，急匆匆地向大殿中走來。那中年胖子一邊走還一邊拭著，肥臉上油滋滋的，一臉焦慮緊張之色。

不一會兒，三人便來到了吳侯座前。

中年胖子信文君深深一禮，急急叫道：「陛下！大事不妙！」

吳侯聞言眉頭一皺，他推開櫻唇湊近來哺著酒的豔姬，不悅地說道：「又出了何事？」

信文君喘了一口氣，聲音依然急促地說道：「陛下，楚弱王率十數萬黑甲軍，車一千兩百餘乘，逼近吳境！」

吳侯有點惱怒了，他外突的眼珠子一瞪，怒道：「此事你不是早已稟知於孤了嗎？孤也早就令你去處理了。怎地今日又喳喳而來？」

吳侯一口氣說完這句話，一口痰便堵在了咽喉中，咳嗽起來。身邊四女連忙拍背的拍背，撫胸的撫胸，幫吳侯鬆著氣。

信文君等吳侯鬆了氣後急忙解釋道：「陛下的安排，臣是照辦了。可是陛下，臣這次偵知了一件驚人的事。」

信文君抬起頭來看著吳侯，叫道：「楚弱王率黑甲軍前來，並不只是為了救他那勞什子的姊姊，而是為了立威而來。」

「立威？此話怎說？」

「陛下，那楚弱王十二歲接掌酋位，花了不到三年工夫，他便一統楚地，自立為王。三年前，齊、魏、韓聯軍攻楚，楚卻大勝之。陛下，現在又是三年過去了。三年了，以楚弱王擅自問鼎、自立為王的蠻狠，為何一直寂然無聲？」

吳侯聽到這裡，青白的瘦臉上，眉頭清楚可見地急跳起來。他連忙伸手按著眉頭，說道：「說下去！」

「喏。這次田公孫樂在越被趙人攻擊，他前去救援。陛下，以楚弱王黑甲軍之精，以楚弱王之強橫，他有可能救了一個女子，便安安心心地回到楚國嗎？」

吳侯皺眉道：「田公孫樂是楚弱王的姊姊，他救到她便回到楚國也有可能。」

「可是陛下，三年前的黑甲軍便可力敵三國聯軍而全勝，三年後呢？現在的楚弱王身邊，賢士智者有慎子、虞翁、睹贊、蒙田、淖齒、孫樂等人，劍客則有五千之眾。他的隊伍中，還添了一個叔子！」

吳侯大驚，身子向前一傾，急急地問道：「叔子為楚王所用了？」

信文君搖了搖頭，說道：「否。叔子與田公孫樂有情，兩人形影不離。」頓了頓，信文君盯著吳侯，語重心長地說道：「陛下，楚弱王經過三年休養，國力充足，黑甲兵更是名揚天下，現在他智士劍客滿營，再加上負有天命的叔子也在身邊。」

信文君聲音一停，沈沈地加上一句。「最重要的是，他如果只是為了救孫樂，救了人便應自越還楚，為何現在卻率大軍向我吳國挺進？」

吳侯咂巴了一下嘴，眉頭跳得更快了，真跳得他都有點頭暈。伸出手掌牢牢地按在眉頭上，吳侯說道：「你不是說過嗎？楚人乃衝趙人而來。」

信文君聽到這裡，恨鐵不成鋼地怒喝一聲。「陛下！臣說了這麼多，便是告知陛下，楚弱王明是衝著趙人而來，實是謀劃我吳國的江山！況且，他若非要除去趙人，當初便不會放他離開！」

信文君說到這裡，深深一禮，以頭叩地，沈聲說道：「陛下，我們萬萬不可與楚國打起來呀！」

他頭部著地，悶聲悶氣地說道：「如今之計，我們決計不能讓楚人找到攻擊我國的藉口！楚弱王不是衝著趙人而來嗎？那就讓他與趙人打去！這趙人離我們有數萬里之遠，又向無來往，我們用得著為他提供糧草道路嗎？陛下，為了一個毫無瓜葛的遠客而得罪強鄰，此非智者所為啊！」

吳侯聽到這裡，總算聽出信文君有辦法解決了，這讓他大大地鬆了一口氣。當下他右手連連揮動，說道：「王叔有話儘管說來。」

「喏！」

「陛下，楚弱王如要攻擊我國，必須要有藉口，而他的藉口便是趙人。既然如此，我們斷了趙人的糧草供應，臣下再派人燒了他的糧草，把趙人悉數趕往楚國境內便可。如此一來，我們既討好了楚王，也絕了他的藉口，吳可無憂矣！」

「善！你去辦吧！」

「喏！」

「且慢！叔子在楚？孤欲邀之，可否？」

吳侯說到這裡，那外突的渾濁眼珠中閃出一抹興奮和精光來。就算如他這樣的酒色之君，在這個亂世也是渴望征服的，而叔子知道的天命所歸，是天下間各國諸侯最渴望擁有的東西。

「然！」

「去吧！」

「喏！」

這個時候的趙軍，已進入了吳境內百來里。趙大王子是個志大才疏之人，他那日撤兵離開越國後，越想越是不安，畢竟他現在孤軍深入，遠離趙國萬里之餘。在這種情況下，如果楚人強行攻擊，那後果是越想越不堪。

因此，心中存了懼意的趙大王子，當下令士卒拋去一半糧草，急急趕到了吳國，準備到了吳境後再向吳侯要求糧草補充。

這個他有十足的把握，因為來時借境吳國時，吳侯曾經答應過。
「殿下！不好了！」
一個劍客急急地向他跑來。
趙大王子一驚，連忙策馬問道：「何事驚慌？」
「殿下，吳侯說吳國亦無糧草，不能借給我們了！」
趙大王子一驚！他咬牙切齒地恨聲說道：「這個出爾反爾的吳鬼！」
這時刻，包括趙大王子在內的眾趙人，臉色都很難看了。從吳到趙有萬里之遠，沒有糧草供應，這下可怎麼辦？
正當他們束手無策時，又是一陣急促的馬蹄聲傳來，那馬在離趙大王子還有二十公尺處便匆忙停下，從馬背上滾下了一個通身烏黑的騎士來。
那騎士連滾帶爬地衝到趙大王子面前，急急地叫道：「殿下、殿下！後面的護糧車馬被吳人攻擊，所有餘糧全部燒毀！」
「吳人！」
趙大王子大叫一聲，險些暈死過去。
正在這時，地面上傳來了強烈的震動，震動中，只見遠處湧出了滾滾煙塵。
有大軍來了！
趙大王子臉色一白，急急地嘶叫道：「整隊！整隊！」

在他的急喝聲中，旗令手連連揮動，慌忙中，趙卒開始排列隊形，準備迎接前方的攻擊。

趙人的隊形剛剛整好，一杆寫著巨大「吳」字的令旗已出現在視野中。

「居然是吳鬼！好，好一個膽大包天的吳鬼！」趙大王子氣恨至極，脹紅著臉，胸脯起伏不定。他就不明白了，那個弱得彷彿會隨時死在女人身上的吳侯，居然會是這麼一個奸猾的人？

漫天的煙塵中，自楚人出兵後，便一直整裝待發的十數萬吳卒出現在趙人的視野中。

「轟隆隆——」令得地震山搖的馬蹄聲、腳步聲、行車聲，在離趙軍不到一里處停止了。然後，吳人的隊伍中駛出了一個騎士。

那騎士策馬來到趙軍前百公尺處停下，厲聲喝道：「陛下有令！趙人速速離開吳國，轉向楚人邊境！」

那騎士喝到這裡，手中長戈一舉，喝聲震天。「只需你等從楚境離開，吳人便不予理會，否則，吳國十八萬大軍在此！」

敢情，這十幾萬吳軍，是為了把自己趕到楚境而來的？

騎士的聲音剛落，已氣得幾乎吐血的趙大王子驀地仰天大笑起來，大笑聲中，他咆哮道——

「連小小的吳人也敢欺我？好，你們不是要戰嗎？那就以戰開路吧！」

第三十二章　大敗趙人回楚國

隨著令旗一揮，剛排好陣形的趙軍已是不顧一切地衝出。十萬大軍捲起漫天煙塵，帶著無邊殺氣，氣勢洶洶而來。

趙大王子策馬趕在最先，他一邊狂衝，一邊暗暗冷笑。這些吳人定如他們的國君一樣，是些膽小懦弱之輩。說不定我這一衝，他們便給嚇跑了。

趙大王子如此想著，他卻忽略了一個問題，那就是——這是在對方的地盤上作戰，而且雙方都已知道趙軍糧草殆盡。在這種情況下，眾趙人心中惶惶不安，未戰膽氣已虛，而吳人卻是信心滿滿。

趙人一衝出，吳軍不但沒有退卻，反而馬上變陣，迎上，轉眼間，兩軍絞殺成了一團。

「陛下，雙方血戰正劇，何不現在殺上？」

弱王瞇著眼盯著那喊殺震天處，聞言笑了笑，淡淡地說道：「否。待兩敗俱傷時再掩殺之。」

他說到這裡，轉頭看向站在身後的孫樂，笑意盈盈。「姊姊，弱兒這可是學了妳的計策呢！」

孫樂微微一笑。「弱兒自己聰明絕頂，不必把功勞讓給姊姊。」

她回頭看向楚軍。幸好他們所待的地方是一處密林，十數萬楚軍悄無聲息地潛入，藏在其中，竟是沒有驚動吳趙兩軍。

吳、趙兩軍激戰了一個時辰後，漸漸地，雙方都萌生了退意。趙大王子咬了咬牙，下令旗手揮動旗號，命令眾軍後撤，暫歇。

趙大王子的旗令號一揮出，吳卒也大大地鬆了一口氣。信文君也是手一揮，傳令旗令手搖旗退兵。

就在雙方同時偃旗息鼓，準備休整後再戰時，突然間，一陣地震山搖的喊殺聲從趙軍後方十里處的密林中傳來。

這喊殺聲震蕩天地，驚心動魄，這一下，不管是吳軍還是趙軍，可都嚇了一跳。眾人回頭望去，只見沖天煙塵中，一杆書著「楚」字的大旗獵獵作響。

「是楚軍！」

「楚軍來了！黑甲軍來了！」

「楚國的黑甲軍來了！」

嘶喊聲中，突然，趙軍中傳來幾聲哭叫——

「大夥兒快逃啊——」

這個「逃」字如同落入人群中的驚雷，一吐出，人群便「轟」的一聲亂成了一團。轉眼間，趙人如同兔子一樣，滿地沒頭沒腦地亂竄。

兵敗如山倒！

趙大王子急得臉紅目赤，吼叫連連，發出的聲音卻連最靠近身邊的人也聽不到。他急急地看向旗令手，卻是灰塵沖天，人影亂竄，趙國的大旗早就拖到了地上，哪有什麼旗令手的蹤影？

而這時，楚人已然正面殺近。

信文君緊盯著眼前這一幕，半晌後，他大聲吼道：「前隊轉後隊，退出十里外！」旗令揮動中，吳人應聲後撤。整齊的腳步聲中，信文君看著絞殺成一團的楚人，怔怔地想道：楚人怎地現在就來了？趙人已成殘兵，被覆滅不過是眨眼之事。可是，挾大勝之勢的楚人，會不會衝擊我軍？

他想到這裡，心中怦怦地急跳起來。

聞名天下的黑甲軍面對著已潰趙軍，全殲還真的只是眨眼之事。不過一刻鐘，喊殺聲便已漸漸散去，地面上堆滿了趙人的屍體。

趙大王子臉色灰敗地看著眼前這一幕，看著一個個趙卒被殺死在眼前，看著一輛輛戰車被楚人接收。

他嚅動著嘴唇，握劍的手一直在抖動、抖動……

好幾次，他都準備把劍架到自己的脖子上，可是不知為什麼，那劍剛一舉起，他的手便抖成糠。

「我不想死！不，我不想死！對，我不能死，我不能就這樣死了。我得向楚王乞命，他一定會放過我的，我可以作為質子留在楚國，我可以讓父侯日後把我贖回去！」

這個念頭一起，便如潮水一樣勢不可當。臉色青白交替間，只聽得「叮」的一聲脆響，他手中的佩劍已然落地。

就在趙大王子佩劍落地的同時，最後幾個趙卒也落到了網中，被誅殺殆盡。蒼茫大地上，只有那依然瀰漫的煙塵，和一地的死屍死馬。

弱王手一揮，黑甲軍同時煞步。

轉眼間，剛才還喊殺震天、喧囂不已的戰場，此刻已是一片安靜。

安靜中，弱王轉過頭來靜靜地看向趙大王子。

他靜靜地看著、看著，漸漸地，他俊朗的臉上露出一個微笑來。「趙大殿下既已釋兵，何不下馬？」

「喏，喏喏！」

趙大王子慌忙從馬背上跳下，他連滾帶爬地衝到弱王面前，在他的馬背前五體投地伏下，輕泣道：「陛下饒我一命！陛下饒我一命！我願為質子以侍陛下左右！」

他的聲音顫抖，那平素高大的身軀更是顫成了一團，說不出的可憐。

弱王淡淡一笑，雙眼如電地盯著伏在地上的趙大王子，久久沒有吭聲。

孫樂和姬五並肩站在五百公尺開外，他們看到這一幕時，都有不忍卒睹的感覺。

孫樂別過頭去，低低嘆道：「人得意時，哪裡料得到自己也會有這麼一天？」

姬五聽到她的語氣竟是無比悲涼蕭索，不由得好奇地向她看來，輕聲問道：「妳不忍了？」

孫樂搖了搖頭，她乾脆轉過身來背對著弱王和趙大王子。「不是不忍，只是覺得人生無常。」

姬五點了點頭，低低地說道：「人生本是無常，我們都是其中過客。」

他說到這裡，伸手緊緊地握住了孫樂的小手，低低嘆道：「我這一生都似是在夢中過來，只有與妳相悅後，才體會到這心情的激盪。」頓了頓，他轉頭看了一眼趙大王子，向孫樂問道：「楚王會饒過他嗎？」

「然。」孫樂點頭道：「活著的趙大王子，可比一具死屍強多了，他可以給弱兒帶來很大影響力的。」

果然，孫樂聲音一落，那邊弱王已經跳下了馬。

弱王伸手扶起了幾乎軟成一團的趙大王子，扶起他後，還在他身上拍了拍，幫他拭去一身的灰塵。

見這邊處置妥當，吳信文君策馬走了過來，還隔了五十公尺，他便朗聲叫道：「楚弱，現趙軍已滅，可欲返回？」

看來他害怕了。

弱王笑了笑，他精光四溢的雙眼盯向信文君那張肥臉，在他的目光下，信文君的額頭上迅速地滲出一層油汗來。

過了好半晌，弱王終於回話了。「孤遠道而來，還不曾休息一二，怎麼，信文君這麼急地想趕孤離去？」

信文君的肥臉瞬間變得煞白，放在腿邊的手也顫抖了起來。

他肥臉上的肉團跳了跳，雙手一叉，朗聲說道：「陛下言過矣！陛下黑甲軍之威天下皆知！」吐出一口長氣，他聲音一提，語調誠摯。「陛下欲取趙人，現已取之。陛下欲我吳驅趙人離境，我亦驅矣，還請陛下收回黑甲軍，離開吳境！」

他這話說到後面，已經是在求了。

弱王仰頭哈哈大笑起來。大笑聲中，他策馬向回躍去，一邊走，他一邊揮手說道：「也罷，就依你所言。」

在信文君的大喜中，弱王厲聲喝道：「兒郎們，回國！」

「喏！」

「喏──」

震動天地的歡呼聲中，楚軍前軍轉後軍，前車轉後車，開始一一掉頭，回返。

弱王策馬急馳到孫樂面前，在離她還有十公尺處便大聲叫道：「姊姊！」

孫樂應聲轉頭。

弱王歡喜的表情在對上兩隻緊握的手時，迅速地一僵，不過轉眼他又是笑容滿面。

弱王策馬衝向孫樂，在離她五公尺處站定，笑道：「姊姊，吳人畏我如虎矣！」他雙眼亮晶晶的，語氣中帶著幾分自得、幾分驕傲，那神情彷彿一個正等著大人表揚的孩子。

孫樂忍著笑，溫柔地說道：「善！弱兒名震天下，不只是吳人畏之，越人、齊人、魏人、韓人亦畏之！」

孫樂的聲音一落地，弱王便仰天大笑起來。「哈哈哈哈……」他的大笑聲引得山鳴谷應，久久不絕。

眾楚人齊刷刷地回過頭來看向自家大王，耳聽著他那得意的大笑聲，都是心情激盪至極。驀地，一個聲音傳來——

「大王雄威！」

應和聲此起彼落——

「大王雄威——」

「大王雄威——」

「大王雄威——」

吶喊聲是越來越響、越來越大，漸漸地，十數萬楚軍的全力嘶喊，匯成了可以令天地崩裂的巨響。巨響聲聲，震耳欲聾！

信文君等吳人這時剛剛回撤不久，聽到這嘶喊聲不由得都回頭望來。望著望著，信文君突然想道：這楚弱王軍威如此之盛，實是可畏可懼。想到這裡，他重重地嘆了一口氣。

孫樂仰頭看著意氣風發的弱王，嘴角噙著笑意。

弱王一陣大笑後，突然聲音一止，低頭看向孫樂。

看著看著，他那深邃的雙眸中露出一抹狡黠的光芒來。只見他雙腳猛地一踢，驅得胯下坐騎如箭般衝出，而且，他是正對著孫樂衝去！

他這是幹什麼？

所有人都是一驚。

四公尺、三公尺、兩公尺！

天！弱兒為何不停下來？

孫樂嚇了一跳，她反射性地想跳開，可是想到姬五還在身邊，便不敢跳。

而姬五則是愣愣地看著狂衝而來的弱王，一動也不知道動了。

「哈哈哈哈……」

弱王又是仰天大笑起來。

大笑聲中、馬蹄聲中、撲鼻的煙塵中，弱王如箭般直直衝向姬五和孫樂，卻在轉眼便可把兩人踩於馬蹄下時，弱王突然俯身，猿臂一伸，雙手一抄！

「啊！弱兒——」

女子的尖叫聲傳來，眾人眼前一花，卻看到弱王居然伸手把孫樂抄到了懷中，然後在馬頭將撞上姬五，馬鼻噴出的熱氣都衝到了姬五臉上的那一瞬間，坐騎飛越而起，躍過姬五的頭頂，遠遠地投向天邊而去。

「哈哈哈哈……」

騎在馬背上的人迎著夕陽衝去，人雖去得遠了，那笑聲卻是兀自在天地間不斷地迴蕩、迴蕩……

弱王策馬疾奔，大笑聲不絕。風迎面而來，獵獵作響。

這時，前方出現了一個起伏綿延的山坡，山坡上綠草綿延到天際，其中小花點點，美不勝收。

「駕——」

弱王叱喝一聲，策馬躍上山坡。

當兩人一馬出現在山坡頂上時，他突然把韁繩一扯，令得坐騎長嘶一聲，人立而起。

「姊姊！」

弱王指著夕陽映照下的無邊沃野，興奮地、朗朗地說道：「妳看這萬里山河，無邊勝景，是不是極為誘人？」

他說到這裡，突然嗓子一提，縱聲長嘯起來。那綿遠清厲的嘯聲衝破雲霄，遠遠地傳蕩開來，一時山鳴谷應，天地間盡是回音。

長嘯過後，弱王哈哈一笑，朗朗地說道：「姊姊，我們有大好年華，有無邊才智，我們這樣的人，生來就是要在這世上留下千秋萬載之名的。姊姊，這麼美妙的一切，都不能令妳壯懷激烈，意氣無窮嗎？」

他說到這裡，縱身跳下馬背，緩緩把孫樂放在地面上，然後，他轉過頭，雙眼炯炯地看著孫樂。

看著看著，弱王慢慢地向後退出幾步，再慢慢地屈膝，面向著她跪在地上。

孫樂縱有滿懷心思，這時也給弱王的行為嚇了一大跳，她瞪圓雙眼，急急地叫道：「弱兒！你這是——」

她的聲音剛剛破喉而出，話還沒有說完，卻見弱王雙膝跪地，右手直直地伸到頭頂，目視著她，朗朗地說道——

「蒼天可鑑！楚弱一生孤寂，只有孫樂入我心懷。在此，楚弱敢對皇天后土發誓，終我一生，必對她不離不棄，珍愛如一。時易移，世易變，人易老，心猶在。縱孫樂白髮蒼蒼，容貌盡逝，此心不悔！」

弱王的聲音很響，很沈。

沈而響的聲音朗朗地傳出，在天地間不斷地迴蕩、迴蕩……

他跪於地上，宛如子夜的雙眼靜靜地盯著孫樂，腰背挺直，面容莊嚴。

孫樂怔怔地看著他，怔怔地看著。

一直以來，她都在心中對自己說，弱兒對她的感情是依戀，是類似於母子、姊弟間的親情，是習慣。

可是，此時此刻，她卻清楚地從那雙虎目中看到愛戀！

是的，是愛戀。

他肅然地跪在地上宣誓，他聲音朗朗，面目莊嚴，可是，他的眼神在期待中竟然摻雜著害怕，摻雜著緊張不安，摻雜著希冀和哀求。

他雖然身軀挺得筆直，可他的眼神卻讓他有點狼狽。他意氣風發的話還在耳邊，可此時的他卻脆弱不堪。

孫樂心中一痛。

她慢慢地上前兩步，慢慢地跪下，伸手摟向弱王。

就在她伸手摟住時，弱王突然騰地一聲站了起來，唰地背轉身對著她。

孫樂詫異地看著他。

弱王背對著孫樂一會兒後，頭也不回地笑道：「姊姊，妳要說什麼我明白的。」他說到這裡，聲音低沈了少許，有點悲涼地說道：「上一次我滿懷興奮，無比快樂地向妳傾訴時，妳這樣一跪、這樣一抱，便吐出了許多話來，那些話，不管過了多久，我只要一想起便覺得意興全無。」

他依然背對著孫樂，低低地啞聲笑道：「後來，妳為了姬五去遊說諸國時更狠，妳居然說出那麼絕情殘忍的話！最可怕的是，妳還令雉姬來傳達給我！姊姊，妳可知道，那時我聽到這話後，這心可是如刀割一樣疼！那是真的痛，一下一下地撕裂的痛！

「當時，我很生氣、很傷心，我把雉姬打了出去，我生平第一次像個瘋子一樣，在雨中大哭大鬧。第二天，我便得到了妳的女子之身被雉姬揭穿，身陷險境之事。我當時對妳恨到了極處，便令人給了妳那封書簡。」

他長長地吐了一口氣，疲憊地、沙啞地說道：「姊姊，妳就算摟著我，也不會跟我說什麼好聽的話的，所以，弱兒不敢讓妳抱了……」

他說到這裡，喉中一哽，竟是說不下去了。

風依然悠悠吹來，悠悠拂起他的衣袍、頭髮。

那個片刻之前還意氣風發、偉岸至極的身影，在此刻竟是那麼悲傷、那麼無助。

弱王徐徐吐了一口氣，聲音恢復了平緩，卻增加了一些沈痛。「可是，弱兒萬萬沒有想到，我那封書簡會導致這樣的後果！」

他閉上雙眼，兩行清淚順著他俊朗年輕的臉孔流下，淚水中，弱兒低低地泣道：「不過是一時衝動而已！不過是一時衝動而已……那時我已經準備把雉姬處置了啊，只是沒有看牢她，讓她連夜逃到了齊國。姊姊，人這一生，真的不能任性一下下嗎？真的不能衝動一下下嗎？我從不衝動，平生第一次衝動，卻把我心愛的姊姊推到他人的懷抱中。」

他說到這裡時，已是泣不成聲。

孫樂怔怔地跪在地上，怔怔地跪著。

也不知過了多久，弱王身子一轉，大步走開。他也不騎上坐騎，只是這樣向著太陽西下的方向，一步一步地走去。

那高大的身影，在夕陽中顯得無邊的落寞，無邊的孤寂。

一步一步地遠去，漸漸地，那身影已沒入滿天紅霞中，孫樂看去時，都有點看不清切，都讓陽光逼射得眯上了眼睛。

孫樂低下頭，依然跪著，怔怔地看著草地。

半晌，嘶啞的低喃聲吐出。「孫樂，妳真是個自私的人！一直以來妳都自怨自艾，沈浸在自己的情緒中，想當然地來判斷，現在好了，妳居然傷害了弱兒！那麼意氣風發、剛勇無比的弱兒，居然被妳傷成了那樣……」

她低聲說到這裡，便說不下去了。

她的小手一下一下地揪著地上的雜草，一下一下地揪著。

直到這個時候，她終於發現自己真是一個自私的人！從一開始她對感情的衡量，就是理智的，近乎無情的理智。她用強大的理智來克制自己的感情，引導自己的感情。無論何時何地，她只敢在確定對方真的愛著自己的時候，才去試探地愛對方。

也不知過了多久，一陣馬蹄聲傳來。

馬蹄聲響，越來越近，不一會兒，一個清悅動聽的男子嗓聲傳來——

「孫樂！」

是姬五的聲音！

孫樂一驚，連忙伸袖拭了拭臉。

她的這個動作，給姬五看到了。

當下他大吃一驚，叫道：「孫樂，妳怎麼啦？楚王呢？」

他縱身下馬，三步併作兩步地衝到孫樂面前，小心地在她面前跪下，伸臂摟著她，溫柔說道：「孫樂，妳怎麼哭了？」

他雙臂使力，緊緊地摟著她，緊緊地摟著，低低地、喃喃地說道：「別哭了，別哭了。」

「姬涼，我是不是很自私？」

孫樂低低地問道，她的聲音很小、很小，在風中飄過，要不是姬五一直在注意，都聽不清切。

姬五把她摟緊，輕聲回道：「人都是自私的，妳和我都不例外。」

「可是……」孫樂沙啞地說道。「可是……」聲音哽在喉中，她卻找不到下面要說的話。

也不知過了多久，孫樂慢慢移開身軀，低聲說道：「我們回去吧。」

「喏。」

兩人跪了太久，腳都有點麻了，這一站起都是一晃。

姬五連忙伸手抱緊孫樂，自己卻差點摔倒在地。

孫樂走了幾步，便怔怔地對上弱王的坐騎。這匹馬渾身烏黑，高大神駿，正安靜地吃著草。

孫樂看著看著，慢慢回過頭去。入眼依然是一片金光，看不到那個熟悉的身影。

她低眉斂目，伸手撫了撫黑馬的背梁，想了想，縱身騎上。

姬五滿懷不解地看著這黑馬，也向那夕陽西下的方向瞟了一眼，暗暗想道：楚王呢？他說了什麼話，令得孫樂這麼難過？

兩人一人一騎，慢慢地向隊伍中回轉。

孫樂滿腹心思，不想說話。

姬五如水的雙眼靜靜地看著她，見她不開口，也不打擾。

太陽燦爛的金光映照在兩人身上、臉上，說不出的華美，遠遠走來，如同天上的神仙一般，直看得楚人都迷了眼。

待得兩人走近，楚人才看出孫樂臉色發白，更重要的是，陛下怎麼不見了？

幾個楚王的護衛劍師大步向孫樂走來。

孫樂縱身下馬，也不待他們發問，便拿起韁繩交到其中一人的手中，低啞著聲音說道：

「弱王向西方去了，是走路的，你等速速追上，護衛於他。」

「喏！」

應諾聲中，十來個劍師策馬離開，馬蹄聲響。

孫樂怔怔地抬頭出神。

這時的她，是真的腦子亂哄哄的，都不知道自己在想些什麼。

姬五看著她，心中不知為什麼有點揪得慌，他上前幾步，走到孫樂面前。來到她身邊後，他也不開口說話，只是這樣伴著她。

腳步聲響，幾個賢士相擁著來到孫樂面前。

其中一個二十來歲的高瘦青年率先走到孫樂面前深深一禮，說道：「田公，還請隨我等同赴楚國。」

孫樂抬起頭來看向他。

那高瘦賢士目視著她，朗朗說道：「田公大才，翻手為雲覆手為雨。如公這樣的才智之士，如是男子之身，怕是諸國皆願許以丞相之位，養以城池為邑。可公卻是女子之身，以女子之身而有大才，料天下間除了我楚國外，再無一國敢冒天下之大不韙而用之。」

這賢士說到這裡，卻不看向孫樂，而是向姬五問道：「叔子以為如何？」

早在他開口的時候，姬五便凝起了眉頭，他斂目尋思許久，終於低聲說道：「善。」

姬五的聲音低低地、弱弱地，帶著一種無力感。

孫樂轉過頭看向姬五，她伸手與他的手相握，眼波如水般溫柔，輕聲說道：「只需要幾個月而已。趙人大敗之日，我便會安全的。到那時，我扮成一個小侍婢跟隨你可好？」

孫樂這話一出，姬五等人都是一怔。幾個楚人表情複雜地看著孫樂，暗暗想道：大王這位姊姊，似乎並無意在楚國長留。

姬五的唇角揚起，揚起，漸漸地，一抹燦爛至極的笑容浮現在他的臉上，他把孫樂的手緊緊一握。「嗯。」

這「嗯」字一出，他的心中便產生了一抹愧意。孫樂如此大才，自己卻得委屈她做小伏低，可是、可是……這般待在楚國，待在楚王身邊是什麼意思？就算自私我也要與她一起離開楚王。

孫樂衝著姬五嫣然一笑，轉過頭看向西方。怎麼這麼久了，弱王還沒有回來？

她想到這裡，不由得眉頭緊鎖。

也不知過了多久，天邊終於出現了十數個騎士的身影。弱王回來了！

眾人都是一喜，同時向那些人張望著。

騎士們越來越近，不一會兒，弱王的身影完全出現在孫樂眼前。此時的他，俊臉上面無表情，除了眼眶略有點紅澀外，便再也沒有別的異常。

可是，正是那點紅澀，令得孫樂好不心痛。

當孫樂看向弱王時，弱王也低下頭來與孫樂相望。眼波碰觸的那一瞬間，弱王垂下了眼瞼。

孫樂看著他，腦中不由得浮現他剛才所發的誓言。在這個時代，信義是世人遵守的第一道德，弱王所發的那些誓言，分量無比之重。完全可以說，就算他以後真的變心了，喜歡上別的女人，娶了別的女人，他也會遵守誓言，依然對孫樂愛之、護之。

這種話，已真是天地可鑑了。

也正因為如此，孫樂才會如此內疚、痛苦。她疼愛的弱兒啊，她不希望他最大的痛苦卻是自己給予的！

弱王的目光轉向孫樂和姬五相握的手上，略頓了頓後，他策馬轉頭，厲聲喝道：「出發！」

「喏！」

整齊的應諾聲中，大軍開拔，車馬走動，煙塵再起。

大軍一動，孫樂和姬五便各坐上了一輛馬車。兩馬車一前一後，不疾不徐地跟在隊伍中，而弱王則策馬跟在孫樂的馬車旁邊。

那二十五歲的高瘦賢士來到弱王面前，輕聲報道：「陛下，叔子和田公已同意赴楚耳！」

「善！」

弱王一笑，朗聲回了一句。

孫樂看到他終於笑了，心中無比的開心。

這時，弱王轉過頭看向孫樂，他策馬靠近少許，望著她。

孫樂看到他靠近，不知為什麼，心中竟然有了一些緊張。

弱王深深地凝視著她，半晌後低低地說道：「姊姊，弱兒愛妳，可是並不願意讓妳痛苦為難的。如果、如果……妳可以把弱兒剛才說的話忘記……」他聲音低啞，實是說不下去了。

孫樂愣愣地看著他，她知道的弱王向來行事霸道決然，可是，他現在說什麼來著？他害怕自己痛苦為難，竟是寧願違背自己的本性行事？

他……他真的愛自己到如此地步嗎？

孫樂的心中一痛，又是一酸。她垂下眼瞼，一時不知說什麼好了。

當她再抬起頭時，弱王已策馬離開。

大軍行進很慢，一天的行走也不過是二十里左右。每當休息時，姬五一靠近孫樂，孫樂便會發現弱王的身影顯得格外地蕭索。

不知不覺中，孫樂和姬五都沈默下來，有弱王在時，也保持了一定的疏遠。

如此行進了三個月後，楚國大軍靠近了楚都郢。

這三個月，外面卻是風雲變幻。

趙大王子十萬大軍圍殺田公孫樂不成，反而被楚王所擒，十萬精兵全軍覆滅之事，以最快的速度傳遍了天下。

緊接著，齊人和魏人同時整軍，在邊境躍躍欲試的同時，向天下人發書，聲明要報曾被趙欺辱之仇。

而趙在得知大軍已被楚人所滅後，派出說客，賄以重金和美人於晉、秦等國，請求對方助兵於己。

至此，硝煙瀰漫，風雨欲來。

在戰火瀰漫中，田公孫樂的所作所為，再次流遍天下，同時讓天下人得知的，便是這個女子之身的田公不但有驚人之才，還有雄厚的背景。趙傾一國之力也不能奈何她，不僅是不能奈何，動她還可能帶來國除身滅之險。如趙侯的繼位人——趙國太子趙大王子，此時便成了楚王手中的質子。

何況是他人？

因此，那些躍躍欲試的刺客們，也一個個穩沈下來了。

至於楚弱王，再一次名震天下。連實力應該勝於他的趙國大王子也成了他手中的質子，他旗下的黑甲軍，當真是可畏可佩！

當眾人出現在郢城外的官道上時，楚國百姓自發地組織成隊伍，列在道路兩旁向他們張望而來。

百姓們一個個興高采烈，臉孔脹得通紅。當黑甲軍出現在視野中時，他們齊刷刷地振臂大呼——

「吾王千秋！」

「吾王千秋——」

「吾王千秋——」

數千人發出的吶喊聲震蕩天地，聲傳四野。面對著一張張脹紅的興奮臉孔，面對著這一聲聲崇仰的激動吶喊，弱王一直沈鬱的臉上笑容微綻。

他雙眼如電地掃視著四周，雄偉的身軀挺得筆直。

他意氣風發地四下顧盼後，轉頭對上了馬車中的孫樂。深深地凝視著孫樂，弱王笑吟吟地說道：「姊姊，楚人可愛否？」

孫樂微微一笑，揚唇道：「可愛！」

弱王哈哈一笑。

他這麼一笑，四周的百姓呼聲更大了。「吾王千秋」的歡呼聲直是沖破了雲霄。

弱王揮著手微笑示意，眾黑甲軍也是人人振奮。也不知過了多久，喊聲漸漸止息。

這時，隊伍已來到郢城外，現在列於兩旁歡迎的人群中，出現了不少馬車和貴人賢士。

這些人一個個昂著頭看來，不知不覺中，已有越來越多的目光聚集到了孫樂臉上、身上。

「此姝便是田公？」

「宛然一佳人耳！」

「然，若不是佳人，怎配陛下千里迢迢、星夜奔援相救於她？」

「咄！佳人何處不有？陛下豈是看重美色之輩？」

議論聲中，弱王已向身後的賢士們交代起安置黑甲軍的事宜。

這十數萬大軍，是不可能全都帶到郢都裡去的，去了也安不下啊！

再次啟程時，隊伍已只剩下賢士和劍客上千人。黑甲軍從另一官道離開了。

孫樂一進郢城，便發現關注的目光更多了，街道兩旁是人山人海，那人是如此之多，連酒樓上、閣樓處、紗窗口，也盡是黑壓壓的人頭。

而讓她不自在的是，這些目光中，有大多數是落在她的身上。傾耳一聽，「田公孫樂」四個字不絕於耳。

還真是萬眾矚目啊！孫樂暗暗苦笑。

相比於孫樂，丰神如玉的姬五這一次光芒就暗淡多了。

本來，孫樂是饒有興趣地打量著街道的，可是她看街道，人家看她，這種感覺可不怎麼好。看著看著，她的頭便縮回來了，車簾也給拉下來了。

讓人鬱悶的是，她這車簾一拉下，外面居然齊刷刷地響起了嘆息聲。

車隊繼續前進。

漸漸地，喧囂聲少了許多。孫樂掀開車簾一看，車隊駛入了一條青石道中。這條道路很寬大，可容七輛馬車並行。道路中出現的不是高冠賢士，便是玉冠權貴，劍客中，連赤足的墨徒都很少見。

看來，這條道應是屬於權貴們用的了。

孫樂的頭一伸出，道路中的行人都齊刷刷地向她看來。

與孫樂在別處看到的目光不同的是，這些人中多是羨慕、狂熱和崇敬。

「她便是田公？」

「以一女子之身左右世局，真真羞煞我輩丈夫也！」

「看到沒？那便是趙大王子！咄！以一大國太子之威，居然落到如此地步，誠可羞也！」

「誰叫他想對田公不利哉！」

「聽說齊、魏兩國攻趙，亦是田公所為！」

最後一句話一入耳，孫樂便是一驚。她迅速地轉過頭看向那說話的人，可是待她轉頭時，那人已淹沒在人流中。

孫樂皺眉回頭，看向身後，見到弱王便在不遠處，便令馭伕靠近。

馬車一靠近弱王，她便伸頭低聲問道：「弱兒，齊、魏攻趙之事，怎地都記在我身上了？」

雖然是她的主意，可是孫樂覺得有隱瞞的必要。

弱王眉頭微皺，他雙眼如電地掃了一眼議論紛紛的路人，低聲回道：「我亦不知。不過此事我沒有專門噤口，想是有人隨便說出了。」

他轉頭看向孫樂，關切地說道：「姊姊可是不安？我可令國人不再說起此事的。」

孫樂搖了搖頭。

弱王見她搖頭，笑道：「也是，事已傳出，禁楚人之口已無用處。」他漆黑的雙眸盯著孫樂，徐徐說道：「姊姊，人生於世本當快意而行。此事本是姊姊所為，世人知道又能如何？趙人欺妳、殺妳，受此報應可威懾天下人矣！」

孫樂想了想，覺得也有道理，不由得嫣然一笑，點頭道：「是姊姊過於謹慎了。」

她一句話說出，久久沒有聽到弱王的回答，不由得詫異地看去，這一看，卻對上了弱王如癡如醉般盯來的目光。

四目相對，都是一陣黯然。

漸漸地，弱王別過頭去，那如子夜的雙眸中添了一分悲戚。

車隊在楚王宮外便停下了。

與其他的諸侯國一樣，楚國也在王宮不遠處為各地賢士、使者專建了一些閣樓。孫樂和姬五作為天下知名的賢士，各有一座閣樓。

弱王自然而然地分開了他們，給兩人各安排了一座，同時還配好了劍客、侍女等一應事物。

這一點，不管是孫樂還是姬五，都沒有反對。他們心有靈犀，早在路上便想好了，在楚的這段日子裡，儘量分開一些，不要刺激到了弱王。

孫樂一回到房中，便在侍女的服侍下洗漱。

這一路上車馬勞累，而且憂慮甚多，她早就疲憊不堪了。揮退侍女後，她細細地清洗了一遍。

泡了一刻鐘的澡後，孫樂慢條斯理地穿好深衣，走出了浴房。

外面，一輪圓月如銀盤一樣掛在天空中，整個大地一片銀白。輕風徐徐而來，樹影綽綽。

孫樂走出殿外，仰頭看著天上的圓月。

月明星稀。天空中，只有幾朵白雲飄過，左右眺去，只在地平線處看到了兩顆星星。這樣的夜晚，姬五是不會爬到屋頂上看星空的，孫樂想到這裡不由得有點好笑。

這時，一陣涼風颼颼地吹來，令得孫樂不由自主地一陣哆嗦。

當真是夜涼如水啊！

孫樂輕輕地吁了一口氣，向前走出幾步。在她的身後，幾個侍婢亦步亦趨，不敢稍離。

孫樂發了一會兒呆後，轉頭看向楚王宮處。此時宮中燈火影影，卻沒有笙樂聲傳出。料來，弱兒也休息了吧？

孫樂透過稀疏的樹葉叢，又對著天上的月亮發了一陣呆後，轉頭向房中走去。

她才提步，眼角突然瞟到了一道黑影！

那黑影直如流星一般，從左側的屋簷上一掠而過，轉眼便不復見。

孫樂腳步一頓，警惕地盯著那黑影消失的方向，一個詞驀地出現在她的腦海中：有刺客！

刺客？她深深地吸了一口氣，渾身一寒，暗暗想道：這閣樓現在只住了我一個賢士，那麼豈不是說，這刺客是衝我而來的？

她想到這裡，再次一凜，轉向那四個站在屋簷下的侍婢，厲聲喝道：「來人——有刺客——」

她的聲音注入了內力，十分響亮，在平靜的夜空中遠遠傳出。

孫樂的聲音一落，院子裡外的眾人都是一驚！

轉眼間，無數腳步聲響起，火把光中，東南西北同時傳來劍客的喝問——

「刺客在哪裡？」

「誰在喝叫？」

「快，保護田公！」

亂七八糟的叫聲中，四個侍婢同時一亂，她們尖叫的尖叫，亂轉的亂轉，還有一個急匆匆地朝孫樂跑來，一邊跑一邊叫道：「快，保護孫姑娘！」

那侍婢一邊叫一邊跑得飛快，轉眼間便已衝到了孫樂面前，急急地向孫樂叫道：「姑娘無恙乎？」

她叫得甚急，叫的時候腳下不停，直直地向孫樂衝來，彷彿要替她擋住所有的攻擊。

就在她衝來的時候，黑暗中，孫樂雙眸一冷，同時，她腳下向後輕飄飄的一退。

侍婢顯然沒有想到孫樂對自己也會避開，先是一怔，轉眼冷笑一聲。只見她長袖一晃，黑暗中，一柄寒森森的冷光從她的袖底下一閃而過。

果然！

侍婢見孫樂再次飄開，知道她著實是有所懷疑了，不由得冷笑道：「田公好警醒！」

孫樂靜靜地盯著她，在她的目光中，侍婢縱身一撲，袖中短劍閃電般揮出，疾如遊龍一般直刺孫樂胸口處！

她這一撲一刺，勢如泰山，劍如驚鴻，硬撞而來，竟是以命搏命的招式！這侍婢明顯是劍師級的高手，劍式開至，內勁已發，厲厲風聲中寒氣凌人。

可是，現在的孫樂卻不是吳下阿蒙，她多番經歷生死，以前那看似舞蹈的太極功在她的施展下，已綿厚中帶有殺機。當日陳立所言，她現在已能達到了。

當下，她左腳輕飄飄向後一退，右手一劃，左手一攬，只是一招間，一股無形無色的內勁便綿綿發出，圓轉不斷。

那侍婢這一撲之勢何其之猛？她本以為一撲之下便可以傷到孫樂，哪裡想到，她人在半空中卻是一滯，緊接著，身子彷彿陷入泥沼當中，越是掙扎越是深陷。

侍婢大驚，黑暗中，她驚駭得不敢置信地叫道：「妳是大劍師?!」

孫樂冷笑一聲，並不作答。她雙手畫圈，無形勁力形成漩渦，絞得這侍婢滴溜溜一片旋轉。

就在這時，火把光大作，數十劍客衝到了面前。孫樂輕哼一聲，手勢一收。只聽得「啪」一地一聲，侍婢給無形勁力推得向後衝出幾公尺，重重地扔了出去！

「田公可安？」

「田公！」

此起彼伏的叫聲中，孫樂從大樹下走出，淡淡說道：「我無恙。」眾劍客齊刷刷地鬆了一口氣，都有點後怕。這一路一直跟在楚軍中，他們竟是不知不覺中放鬆了護衛。要是田公因此出了事，他們真是無臉面對世人！

孫樂徑直走向那侍婢。

侍婢剛才被孫樂又是絞圈、又是扔出，早已頭髮凌亂、嘴角流血。她正在掙扎著想爬起來，才一動，便是十幾把寒劍直直地指著。

孫樂走近，淡淡說道：「收劍吧！」

眾人整齊應道：「喏。」一齊刷刷的長劍還鞘聲響過。

孫樂走到侍婢面前，她眼神複雜地盯著孫樂，尖叫道：「妳、妳怎麼可能是大劍師?!」

侍婢這叫聲一出，眾人都是悚然一驚。他們不敢置信地看著孫樂，怎麼也不敢相信，眼前這個以智揚名的田公，還是劍客中的天才！她以二十不到之齡便成為大劍師，那可是驚世駭俗的天賦啊！

孫樂冷冷地回道：「我不是大劍師，我甚至不是劍師。剛才制住妳的是家傳秘技。」

她這話一出，眾人齊刷刷地鬆了一口氣。就說嘛！世上雖有大才，可天才至此也太過駭人了。

他們絲毫沒有懷疑便相信了孫樂的解釋。

孫樂從旁邊的劍客手中拿過一柄長劍，劍尖一掠，指向侍婢的咽喉。「何人令妳等行刺於我？你們還有什麼人？」

侍婢冷笑一聲，盯著孫樂說道：「何不一劍刺出，取了我的頭顱去？孫樂，我是不會說的！」頓了頓，侍婢淒然笑道：「可惜妳這人太過警覺！本來我們是準備半夜動手的，不料被妳看破行蹤！天意如此，奈何、奈何……」

孫樂笑了笑，淡淡地說道：「妳不說，我亦知道是何人想殺我。」

侍婢冷哼一聲。

孫樂又笑了笑。「趙人想要殺我，」她頓了頓，雙眼靜靜地盯著侍婢，見她的眼神一鬆，才繼續說道：「不過到了現在，他們怕是對我有了畏懼之心。想我孫樂得罪的人並不多……是了，妳是雉氏派來的！」

最後幾個字，她聲音突然一提，冷喝出聲。

侍婢大驚，失聲叫道：「妳怎麼知道？」剛說完，她馬上發現了自己的錯誤，忙又補充道：「妳怎麼如此說？」

孫樂卻對她不感興趣了，她把長劍扔回給它的主人，逕自轉過身去，淡淡地吩咐道：「抓下去，嚴刑拷打，務必問出她的同夥。」

「喏！」

幾個劍客上前抓起侍婢，轉身就走。孫樂走到屋簷下，見另外三個侍婢臉色蒼白，一臉驚惶地看著自己，她們雙股戰戰，幾乎都站不穩了。

孫樂瞟了瞟，轉身向房中走去。

一夜無事。

第三十三章　弱王病重諸侯凌

第二天一大早，孫樂便得到劍客們的回報，說是已得知了其餘刺客的居處。

孫樂沈吟片刻後命令道：「都殺了吧！」

「喏！」

望著領命出去的劍客，孫樂暗暗忖道：現下雉氏仍然是弱兒的支持者，就算雉姬被弱兒悄悄地派人殺了，他們之間的聯盟也還存在。以雉氏之財力，只敢派刺客暗中殺我，便是顧及到弱兒。

她想到這裡，不由得嘆了一口氣。要是把這些刺客送給弱兒，再由弱兒送給雉氏，許能一勞永逸，令得雉氏不敢再行此種事。畢竟，不能因一顆已死的棋子而影響大局。

她知道，雉氏是楚地第一大家族，多年來從事鹽、鐵買賣，富可敵國，雉姬便是他們派出來的。不過，不管那雉姬在雉氏有何地位，她現在已經死了，一顆已死的棋子就是廢棋，換一顆便是，沒有必要因她影響了與弱王結盟的大局。所以，這事只要弱兒出面，便可大事化小，小事化了。

可是，此時此刻，孫樂真不願意讓弱兒再生煩惱，讓他的大業再受影響。

她想了想後，暗暗忖道：看來，以後還是要多加防範了。

孫樂尋思了一會兒，便整裝準備出門與姬五相會。她剛剛準備好，便聽到外面傳來一個太監的尖峭聲——

「田公何在？陛下宴請諸位賢士將領，請田公赴宴！」

「喏！」

孫樂的馬車駛到楚王宮時，正好遇到了姬五的馬車。四目相對，孫樂突然發現姬五的面容似乎憔悴了些。

馬車漸漸靠近，孫樂看著他，低低地說道：「心不安？」

姬五溫柔一笑，目光如水。「現在安矣。」頓一頓，他又說道：「昨晚輾轉反側，百般思量，至此方知一日不見，如隔三秋。」

他說得很平和，目光如此純淨，渾是不知自己正在甜言蜜語。孫樂莞爾一笑，她昨晚遇到刺客之事，並不想讓姬五知曉，徒增他的煩惱和不安。

孫樂想到這裡，見他眼皮發澀，不由得低聲道：「渴睡否？」

姬五不好意思地一笑，傻乎乎地說道：「一見妳便心安矣，便渴睡了。」

孫樂心中一甜，她正要回話，一陣喧囂聲響起，無數貴族賢士和將軍們也已到達。

不管在何時何地，孫樂和姬五都是世人注目的中心，這些貴族賢士剛一下馬車，便直直地向兩人打量不休。孫樂和姬五相視一笑，也不再交談了。

禮。

孫樂和姬五下了馬車，他們幾乎是剛站穩，眾貴族便簇擁而至，一個個向兩人叉手行禮。

寒暄聲中，姬五走頭，孫樂在二，眾人按照順序步入了楚宮的聚德殿中。

聚德殿很高、很大，足可容下數千人。此時殿中燈火通明，榻几上酒肉流香。

主座上，弱王正一身便服，含笑看著孫樂等人。

眾人進入大殿，依次坐好，姬五身為叔子，依然坐在左側第一排榻几上。而孫樂則坐上右側第一排榻几處，兩人中間隔了一條過道。

他們一坐好，宮女們已翩然而至，為他們在酒盅裡滿上酒水。

待酒水滿上，絲竹聲起，弱王雙手一合，含笑道：「諸位自飲便可，今日乃歡聚之宴，百無禁忌！」

說罷，他連拊三掌，清脆的掌聲中，一陣香風飄來，百十名百裡挑一的美人兒翩然舞出。

這些美人一舞出，大殿的氣氛立馬就變得曖昧而香豔。弱王剛才說了百無禁忌，那意思便是說，這些美人兒可以由在座的人隨意享用。當然，享用時可不得在殿內。

因此，美人兒一出，笑鬧聲四起，眾男人連聲音都渾厚響亮起來。轉眼間，殿中已是熱鬧非凡，喧囂一片。

眾美人兒在過道中翩然舞動，不時為看中的貴客斟上一杯酒。

笑語歡聲中，姬五眉目微斂，俊美的臉上很有點不自在。

他人才如此出眾，早引得眾女頻頻注目。

關注他的火熱目光實在太多，令得姬五很不自在，因此，他已是連抬眼都不敢了，偶爾目光瞟去，必是孫樂所在。

可是，孫樂和姬五之間隔了好幾個美人，姬五的腦袋偏了又偏，側了又側，卻還是看不到孫樂的身影。

弱王靜靜地看著殿中眾人，嘴角含笑，盅中酒不消。他有意無意地瞟過姬五，見他如此模樣，不由得冷冷一笑。

他站起身來，大步向右側走去。

孫樂低著頭，慢慢品著酒水。酒水微黃，在燈火中微顯渾濁，孫樂一邊飲，一邊輕輕地搖晃著。

殿內雖然熱鬧非凡，她的心中卻是靜如止水。

這時，她感覺到身邊一暗，一個高大的身影擋住了燈火，孫樂不由得轉頭看去。

這一轉頭，她便對上了弱兒炯亮的雙眼。

四目相對，弱兒燦爛一笑。

他施施然地在孫樂身邊坐好，輕聲說道：「姊姊，昨晚可安好？」

孫樂微一遲疑後，低聲回道：「甚安。」

弱兒咧嘴一笑，露出雪白的牙齒。「姊姊睡得不好吧？」

孫樂愕愕地看著他。

弱王伸手從她的几上端過她的酒杯一飲而盡，嘆道：「姊姊，妳可是不欲讓我煩心？昨天晚上，妳明明遇到刺客了。」

他說到這裡，墨黑的雙眸定定地看著她，低低地、溫柔地說道：「妳是我的姊姊，在弱兒的土地上，怎能讓姊姊擔驚受怕？姊姊，那些刺客的事就交給我吧。」

孫樂雙眼亮晶晶地看著弱王，半晌後燦爛一笑，輕聲應道：「善。」

弱王也是燦爛一笑，笑過之後他垂下眼瞼，低低地說道：「姊姊，弱兒是大丈夫了，有擔當的。這樣的事，妳應該告知弱兒的。」

孫樂一笑，輕聲回道：「然，姊姊做得不妥。」

弱兒搖了搖頭，又是一聲輕嘆，卻沒有說話。

殿內笙樂不斷，眾美人的嬌笑聲和丈夫們的調笑聲也是不斷。漸漸地，帶著酒意的人們舉止已有了一些輕佻。

弱王微笑地打量著殿內的諸人，說道：「姊姊，身為丈夫，傲視群雄，頂立天地之間，是否再無憾矣？」

孫樂眨了眨眼，笑道：「弱兒是大丈夫！大丈夫者，天地為棋盤，百姓為芻狗。」

弱王哈哈一笑。

他的笑聲爽朗而愉快，合在一殿的取鬧歡笑中並不醒目。

他笑過後，轉頭雙眼亮晶晶地看著孫樂，朗聲道：「天地為棋盤，百姓為芻狗？這話說得妙啊！實在太妙了！」

他舉起几上的四方青樽，仰頭一番牛飲，轉眼間，一斤黃酒便入了肚。

伸袖重重地拭去嘴角的酒水，弱王把酒樽一放，咧嘴笑道：「姊姊，諸國侯王都想當這天下共主，依弱兒看來，餘子碌碌，皆不足為慮也！」

他這語氣已是豪氣萬千，頗有目無餘子之慨。

弱王再次目光炯炯地看著孫樂，說道：「姊姊，他日弱兒位居天下至尊之位時，姊姊還在弱兒身邊否？」

他雙眼緊緊地盯著孫樂，一瞬也不瞬。

看來，這句話才是重點啊！

孫樂低斂眉眼，長長的睫毛眨動著。她想說「亂世剛起，帝王基業罕有一代能成者」，她又想說「世間英雄還潛伏未出，不可小視之」。

可是這兩句話梗在她的喉中，她卻說不出來。少年人意氣風發，以為自己無所不能本是常情，自己又何必澆他的冷水？

孫樂沈吟的時候，弱王聲音低低地嘆道——

「縱登高一呼，萬千人俯首，可弱兒身邊沒有了姊姊相伴，又有何趣味？唉……」

最後一句嘆息久久不絕，帶著無盡失落，無盡蒼涼，直讓孫樂心中一軟，差點承諾出聲。

可是，畢竟還是差了一點。緊接著孫樂便想到了姬五，想到了許多許多，因此，回答弱王的，依然是一陣沈默。

弱王收回目光，給青樽中倒滿酒，仰頭又一飲而下。

酒水順著他微青的下巴流到喉結上，酒一入肚，弱王便又是一聲低嘆，低嘆聲中，他一臉落寞，剛才還信心滿滿的眼神已是裝滿苦澀。

「姊姊……」弱王低聲說道：「妳是弱兒在這個天下唯一記掛、唯一刻在心中，無時或忘的人了。弱兒不管遇到幸還是不幸，不管是歡喜還是痛苦，都只想與姊姊分享。姊姊，如果妳不能在弱兒身邊，縱擁有了這個天下，縱弱兒可以千秋萬載，又有何意思？」

他低頭看著樽中的酒水，聲音低低的。「沒有了姊姊，就算弱兒得到了一切，也只是個孤家寡人啊！可是，如果姊姊能在身側，那弱兒縱使這一生壯志未酬，帝業未就，縱使死無全屍，終其一生都背著楚逆罪臣的罵名，也是無悔。這一生，弱兒只想有姊姊相伴身側，共謀這萬里河山，勝亦欣然，敗亦歡喜！」

他的聲音低沈有力，含著無盡情意、無邊期待。而且，到了後來，聲音已微帶嘶啞，隱有哽咽。

孫樂怔怔地聽著，聽著……

她只能怔怔地聽著，她不能回答，甚至不能如往常一樣，伸出手撫去他眼角的濕痕。

弱王一席話說完後，仰頭又是一樽酒牛飲而下。這時，他已一連飲了三樽，臉色已經通紅。

這可是能容一斤酒的四方樽啊！孫樂不由得低聲勸道：「弱兒，不要再喝了。」

弱王沒有理她，自顧自地又是一樽酒入肚。

孫樂見他呼吸之間酒氣逼人，不由得揪起心來。她伸手拿向那酒樽，再次勸道：「弱兒，真不可喝了！」

「無事！」

弱王手一揮，把她的小手擋了回去。他一邊自顧自地斟酒，一邊嘀咕著。「喝了酒後，醉夢中姊姊就會要弱兒的……」

他這句話很輕、很含糊，似是無意識中吐出的。孫樂太極功日進，耳力過人，卻是聽得分明，不由得一癡。

微黃的酒，如水一般地又倒入弱王的咽中，倒著倒著，一陣劇烈的咳嗽聲傳來。

這一陣咳嗽，初時還只是一聲一聲，接著卻連綿不絕，再接著卻是撕心裂肺般！孫樂聽了一揪，連忙站起身來拍著他的背，她剛拍了兩下，弱王那撕心裂肺的咳嗽聲已是越來越劇，越來越劇！

只不過片刻，他已咳得臉色鐵青，嘴唇發白，連連喘息，咽中痰鳴不已。

這不像是單純的嗆了酒。

孫樂轉身向變得安靜下來的眾人喝道：「快叫大夫！」

「喏，喏喏！」

幾聲應諾同時響起，幾個身影同時躥出。

眾人再也沒有心思跟美人們調戲了，呼啦一聲，孫樂和弱王的身邊已裡三層、外三層地圍滿了人。

「陛下這是怎麼啦？」

「快！快把陛下抬到內室！」

孫樂轉頭看向擠到身邊的賢士睹贊，一臉憂急地問道：「陛下出了何事，怎地體弱至此？」

那一聲聲撕心裂肺的咳嗽，直讓人聞之心驚肉跳啊！

睹贊是個四十出頭的黑瘦賢士，聞言他雙手一叉，對孫樂回道：「陛下得知趙欲對田公不利時，趙軍已發，將入越境，陛下倉促點軍，星夜奔馳之際不慎染了風寒。當時大夫便勸他多多休養，慎冒風寒，可陛下不聽，撐著病體沒日沒夜地趕路。本來我等見陛下已無異狀，以為他已大好，哪裡知道他卻在此時病發矣！」

孫樂聽到這裡，心中苦痛莫名。*弱兒這是為了我啊！他是為了我啊！*

正在這時，一陣急喝聲傳來——

「大夫已至，速速讓開！讓開！」

眾人急急地讓開一條道來，轉眼間，一個白髮老人擠了進來。

老人一直小跑到弱王面前，他伸手按上弱王的腕脈，端詳著他的神情。這時候，撕心裂肺的咳嗽聲依然不絕於耳。

片刻後，老人鬆開手，轉向站得最近的孫樂說道：「大王本已三焦受寒，脾、肺均有虛弱之象。雖是如此，幸大王體質過人，正能敵邪。現又出了何事，竟令得大王悲憂至極，隱有絕望驚恐之狀？這悲傷肺，恐傷腎，病已由三焦入臟——」

孫樂抿緊嘴唇，急急地打斷道：「快快醫治才是啊！」

老大夫轉過頭，從袖中拿出一盒金針，令人解去弱王的上衣，拿過燈火，準備施針止住這急咳。

他的動作十分俐落，不一會兒弱王的上半身和手臂處已灸了五、六根金針。

金針一下，撕裂般的咳嗽聲果然稍小，孫樂長長地吁了一口氣，表情複雜而心痛地看著弱王，暗暗想道：悲憂至極，隱有絕望驚恐之狀？我的弱兒不是一直都那麼堅強嗎？他堅強、聰明、意氣風發、無所不能，這樣的弱兒，居然是這麼的脆弱？在乎我到了這等地步？

漸漸地，弱王的咳嗽聲終於止息了。

白髮大夫收回金針，轉頭向孫樂等人說道：「金針可保三個時辰之安，你們派人隨我搜尋草藥可也。」

說到這裡，他頓了頓，又言道：「切不可再讓陛下有憂恐之事！」

大夫這話一出，幾個重臣齊刷刷地轉頭看向孫樂。

孫樂低眉斂目，輕聲應道：「喏。」

應過後，她連忙問道：「幾時能好？」

白髮大夫沈吟道：「入臟之病極為纏綿，全力醫治許要月許方可，稍有不慎則後果難料。」

孫樂小臉一白，忙不迭地搖頭道：「不會有不慎處！」

大夫聞言點了點頭，收拾東西準備離開。

孫樂怔怔地望著臉色仍泛著青黑的弱王，放在腿邊的小手幾次伸出，想要撫上他的臉，卻終是不能。

這時，一個人走到了她的身後。

聞到身後之人幽幽淡淡的青草氣息，孫樂頭也不回地低聲說道：「姬涼，我會在宮中宿上幾日。」

她這句話一吐出，身後之人久久沒有動彈。

也不知過了多久，一個苦澀的聲音無力地傳來——

「然。」

孫樂嘴唇嚅動了幾下，終是沒有發出聲音。她向弱王靠近兩步，和旁邊的兩個宮女一道，扶著他向殿外走去。

弱王閉著雙眼，面色青黃，咽中痰鳴，神情萎頓，俊臉上不時現出一抹痛楚之色。孫樂憂心忡忡地望著他。

幾人走到了弱王的寢宮中時，眾宮女圍了上來。

孫樂剛要離開，手腕一緊，卻是弱王緊緊地握住了她的手。

孫樂轉過身來溫柔地看著弱王，猶豫了一下後，伸手撫上他的臉，低低地說道：「弱兒，我不走，姊姊在這裡陪著你。」

弱王微不可見地點了點頭，放開她的手，在宮女的扶持下躺到了床上。

眾宮女小心地把他放下，把錦被鋪上，在殿中點起安息香。

孫樂坐在床邊的榻几上看著他。

不一會兒，閉著眼睛的弱王無力地開了口。「姊……姊，痰堵在咽中……心慌……胸悶，一睜眼便……眼前發黑，暈得厲害……好生難受……」

孫樂聞言，連忙欠身上前，扶著弱王半躺半倚在床頭，令人拿過一床錦被墊在他的背後。弄好後，她剛要走開，手腕一緊，依然是弱王緊緊地握著她的手。

孫樂暗嘆一聲，她也不再動了，就在床頭坐下。

望著閉著眼睛的弱王，孫樂的心揪成了一團。這個時代的醫藥極其落後，世人治病連藥方都沒有，一般是靠金針和單味草藥來治療。

剛才那大夫應該還是個高手，可他也說要臨時去採藥，著實讓人心中不安。

這可是個連感冒也可以讓人死亡的時代啊！弱兒年紀輕輕的，又有雄心壯志，萬萬不可有半點隱患才是。

孫樂尋思間，弱王的聲音低低地傳來——

「姊姊……我好多了。」

他的聲音連貫了一些，也精神一些了。

孫樂連忙抬起頭看向他。

弱王的雙眼依然緊閉著，他轉頭對上孫樂。「姊姊，剛才驚到妳了。」

「別這麼說。」孫樂搖了搖頭，聲音有點發澀。「弱兒，姊姊寧可有病的是自己，也不願意看你如此痛苦。」

「也不痛苦了。」弱王聞言嘴角微揚，笑道：「只是不敢睜眼，痰堵在胸中，喘不過氣來。」

他說到這裡，忽然聲音一低，隱有點羞澀地說道：「姊姊，把妳的手放到弱兒臉上，可好？」

孫樂輕應一聲，伸手溫柔地按在他的臉頰上。她眨了眨眼，逼去眼中因為驚慌害怕而險些流出的淚水，輕笑道：「弱兒是大人了，還想賴姊姊？」

弱王側過頭，讓自己的臉在她的掌心蹭著，喃喃地說道：「弱兒想賴姊姊一輩子呢……」

他這話一出，孫樂頓時啞了。

見孫樂不說話，弱王也不再說話，他只是閉著眼睛，像一隻大狗一樣在孫樂的掌心蹭著，俊朗的臉上流露出傻乎乎的笑容來，這笑容中帶著一股滿足。

孫樂看了，心中又酸又苦又痛。她眨了眨眼，再次逼去眼中的澀意，撫著弱王臉頰的手指在他的唇角眼邊輕輕移動。「傻弱兒，傻弱兒……」聲音越來越低，竟已說不下去了。

弱王顯然真是精力不濟了，蹭著蹭著，他的呼吸聲漸漸轉為舒緩，孫樂一看，竟是睡著了。

雖然睡著了，他的臉與孫樂的左手依然相貼，左手與孫樂的右手相握。她只要稍動，睡夢中的弱王便如有意識般嘟囔一句，嚇得孫樂立馬停止了動作。

現在還是上午，燦爛的日光透過紗窗口照進來，照在弱王年輕的臉上，孫樂望著他青青的下巴，望著睡著後顯得十分稚氣的俊臉，腦中一片空白。

久久久久，她低低地說了一句。「弱兒，如果姊姊從不曾與你相識，你會不會就沒有了這許多煩惱？」

聲音一落，嘆息聲久久不絕。

弱王這一睡便是幾個時辰，直到白髮大夫弄了幾味草藥回來還沒有醒。這些草藥中，有炮製過的，也有新摘的，看到白髮大夫把這些草藥抓好令人熬煮，孫樂暗暗想道：看來這大夫已會使用方劑治病了。她吁了一口氣，心裡放鬆了少許。

一劑藥服下，弱王雖然沒有再病發，卻也沒有好轉，依然這樣不敢睜眼，一睜眼便頭暈目花，幾欲倒地。

孫樂不懂醫，也無能為力，只能守在他的身邊，緊緊地握著他的手，在他需要時隨時都在。她甚至令人在殿中安了一張小床，準備和眾宮女一樣隨時守著。

弱王病重，很多事不好處理，便把一切交給了孫樂。而孫樂這陣子除了守著他外，便是安排一些楚境內的大小事。

其實也沒有多少事，楚人自主能力很強，向她請示的時候不多。

在孫樂的安排下，趙大王子獨居一間閣樓，好吃好喝地供著，只是不太自由。而黑甲軍千里奔襲，大顯神威，孫樂令人大加獎勵之餘，又抓緊了訓練。

時間過得飛快，轉眼又是幾天過去了，弱王的病依然沒有起色，當然也沒有惡化。

而據最新的消息顯示，齊、魏大軍終於對趙發動攻擊了！這次攻擊發起得比較倉促，趙向諸國的求救還沒有得到明信，國內便已大軍壓境。

可同時，從弱王安插在各國的人手處得到消息說，晉、梁等國都已心動，已經答應了救趙。不過他們在救趙的同時還想混水摸魚，因此，局勢依然混亂不明中。

可是，孫樂沒有料到的是，眼看這次各大諸侯國又是一場混戰之時，趙人突然做出一個讓人意外的動作——齊、魏大軍剛一壓境，他們便向兩國各割讓三城。齊、魏兩國不損兵而得城，不由得大喜，當即退兵。只是一個轉眼，本來一場來勢洶洶的混戰，還沒有開始便結束了。

混亂是沒有了，可楚王和趙大王子那一戰更被傳得沸沸揚揚了。現在，著重點已不在田公孫樂身上，而是聚集於弱王的意圖上。

弱王手擁強兵，身邊有智士無數這都不算，可代表天命的叔子為何也到了他的身邊？這楚逆是亂局之人，他膽大包天，竊國問鼎，種種驚世駭俗的行為，不但世人不能諒解，就算蒼天也厭惡。可是，為什麼代表天命的叔子卻在楚國？

「陛下，楚弱不誅，天理不昭呀！」一高冠賢士痛心疾首地向秦侯說出這句話後，轉向眾臣叫道：「此時不除，再過幾年，怕是天下無人可制此逆賊矣！」

大殿中，站成兩排的秦臣相互看了一眼，交頭接耳地議論起來。

而這些交頭接耳的臣子中，更多人頻頻向站在左側首位的贏秋看去。

秦侯皺起眉頭，也轉向贏秋問道：「十三，你如何看來？」

贏秋聞言睜開雙眼，上前一步向秦侯行了一禮後，朗聲說道：「父王，孩兒認為，楚國可攻！」

站在右側首位的秦四子贏昭冷笑一聲，嗤道：「欲攻之人是你，你當然如此說來！」

嬴秋也是一聲冷哼，卻不回嬴昭的話，轉向秦侯說道：「父王，當今天下，亂象已現。天下如鹿，逐之者方可得！」

嬴秋這番話擲地有聲。那「天下如鹿，逐之者方可得」一說出，眾臣都是頻頻點頭，而秦侯更是雙眼一亮。

嬴昭看到這裡，不由得又氣又妒。這十三弟只是一句話，便令得父王偏向他了。

嬴秋又說道：「兒以為，楚弱雖強，可一來楚國建國不久，家底必薄。二來楚國以大逆起國，天下間的國士皆鄙薄其為人，其可用之才必有限。三，楚弱大逆不道，秉天之怒，此時我若攻之，振臂可得強援無數。此時不攻，再給他幾年時間休養生息，養虎已成患，怕是欲誅也無能為力矣！」

他說到這裡，朝秦侯深深一禮，目光炯炯地說道：「我大秦想逐鹿中原，一統天下，可從滅楚開始。」

嬴秋的聲音朗朗吐出，在大殿中迴蕩不絕。

眾臣頻頻點頭，同時向秦侯一禮，齊聲說道：「陛下，十三殿下此言有理！」

冠冕下，秦侯盯視著自己這個野心勃勃的兒子，微微頷首，朗聲回道：「逐鹿中原，一統天下，從滅楚開始？善哉此言！」

「陛下聖明！」

「陛下聖明！」

朗朗的讚美聲中，贏秋與眾臣一樣向秦侯行以大禮，他深深一揖之際，目中精光閃動，暗暗忖道：我行事還是不夠果斷啊！當日孫樂拒絕我的提親時，便應殺她以絕後患的。此時她就在楚王身邊，給我的大業平添了不少阻礙啊！

雖然添了阻礙，不過贏秋以為，孫樂一介女子，雖有才智卻也只是些口舌小道。百萬大軍當前，她這種口舌小道還真能左右大局不成？

天下間當真是風雲變幻。

孫樂等人還在為趙得脫大難而鬱鬱時，突然間得知，秦連合韓、魏、吳、越，共發卒百萬、戰車五千餘乘攻楚，欲一舉滅楚於世！

這種兵力，已是楚人的五倍有餘了。

而且，這幾國都與楚相鄰，等於一夜之間，楚已四面楚歌，處處皆敵。

至此，天下震動，楚人驚懼！

消息傳到楚國之日，弱王剛痊癒不久。他的病足拖了大半個月才痊癒，因為對這個時代的醫藥沒有半點信心，因此孫樂大半的時候都用來守著他，有時來不及出宮就歇在蓮樓中。

這一天，楚宮中一片壓抑，連笙歌聲都不敢響起。

弱王的書房中，大臣們擠了一殿，他們與端坐在首位的弱王一樣，都是陰沈著臉，一言不發。

也不知過了多久，賢士離昧上前一步，叉手說道：「陛下，敵從四方而來，五倍於我，不可攻也！只可說之！」

離昧這「說之」兩字一出，數十個腦袋齊刷刷地回轉，看向坐在右側最後一排榻几上的孫樂。

天底下要論說客之才，無人能出田公之右！

弱王低著頭，他沒有看向孫樂，而是徐徐說道：「只可說之？」

「然。」

回答他的，是數十個聲音。

「如說之不行，奈何？」

離昧上前一步，朗聲說道：「說之不行，請援於諸國可也。」頓了頓，他又說道：「割城亦可。」

不管是請援，還是割城，都是大傷元氣之舉。

請援諸國，那得拿出像樣的禮物來，金以千計，或許也要割城，甚至還要派出質子。如果秦早有防備，還可能拿金割城也無人願意援手。

割城於秦、吳等國，那是割肉啊！來犯有五國，楚有多少城池可分？再者分了城池後，楚已實力大減，再也無緣問霸了。

可是，硬抗卻是萬萬不能。五倍於己的聯軍，統帥又是與弱王齊名的贏秋，這場仗打起來沒有半點勝算啊！

孫樂也皺著眉頭尋思著，她知道弱王為什麼對自己去做說客之事猶豫著。要知道，她女子之身已被天下所知，現在的孫樂，走到哪國都有可能被刺客順手殺了。這還不算，就算沒有刺客殺她，怕也沒有諸侯願意見她呀！

想到這裡，孫樂暗暗忖道：記憶中，以弱勝強的戰例不是沒有，可是這個時代的戰爭都是在荒原上擺下戰陣硬拚。這種硬拚，誰家的車最多，便意味著誰的勝算大。

弱王上次在聯軍大戰中略略使了一些狡計，但那狡計可一不可再。再說他的對手不是別人，而是與他齊名的名將贏秋。遇到贏秋這樣強勁的對手，實力又如此懸殊，還真沒有僥倖的餘地。

離昧的話說出後，殿內再次沈默起來。

半晌後，弱王徐徐說道：「田公已為世人所覺，不可出使。諸公先回去細思之，如有想法，速入宮中說我！」

「喏！」

整齊的應諾聲中，眾大臣一一退下。

殿內只剩下了孫樂和弱王了，兩人一坐在主座，一坐在下座，遙遙相望。

過了許久，弱王沈沈地說道：「姊姊，弱兒狂妄了啊！」

孫樂沒有吭聲，她知道弱王在說什麼。前陣子他還跟自己說著天下間再無餘子可與他相抗，這一轉眼便落到這種無能為力的境地。

孫樂斂眉溫柔笑道：「弱兒何必自責？嬴秋若真是英雄，自當與你正面相抗，可他現在會合四國，以五倍之兵攻擊於你，這是勝之不武啊！」

孫樂這一席話一說出，弱王沈鬱的臉上馬上露出笑容來。只是這笑容一閃即逝，他搖頭苦笑道：「大丈夫行事，本應為達目的不擇手段。嬴秋雖不是英雄，卻是勁敵！」

孫樂聞言笑了笑，暗暗想道：縱使年少輕狂，關鍵時候總能清醒面對，弱兒真是人傑！

弱王慢慢起身，他緩步走到孫樂面前跪坐下。

隨著他手一擺，早候在兩旁的宮女連忙上前為兩人斟酒。

他舉斟朝孫樂晃了晃，輕聲說道：「姊姊，請飲一杯。」

孫樂舉起酒杯仰頭喝了一口，她把酒杯朝几上一放，低聲說道：「弱兒，天無絕人之路。你乃破軍之星，生命悠長，國祚綿厚，不可能絕於此時！」

弱王一聽，雙眼晶地一亮。他炯炯地看著孫樂，看著看著，忽然苦笑道：「應該找姬五算一算了。」

提到姬五，孫樂不由得微微一笑，這笑容輕鬆而甜美，令得弱王心頭湧來一陣刺痛。

沈默後，弱王沈聲喝道：「來人！」

「喏！」

「通知下去，孤將沐浴更衣，求叔子測算天命！」

「喏！」

弱王抬頭見孫樂有點愕然，咧嘴一笑，衝著她眨了眨右眼說道：「五國百萬大軍將犯，楚人自上到下心中皆是惶惶，當今之要，得以安定民心為主。姊姊，弱兒這一次得與姬五配合演一場戲了。」

孫樂笑道：「善！」見到弱王不再陰鬱，她的心中放鬆了些許。

這時，孫樂的腦海中倒想起了以前看過的一個故事，就是大軍出征之前，扔銅板測算天命，那些銅板是特製的，兩面都是正面，然後測算之人便說，一百枚銅板都為正面的話，就說明天意要此戰勝。結果，當然是百枚銅板都以正面朝上。

想到這裡，孫樂把這個想法說了出來。

弱王眉頭一挑，大樂道：「此策大妙！」

說到這裡，他緊緊地盯著孫樂，輕嘆道：「姊姊果然智計過人！」

孫樂勉強一笑，暗暗忖道：我這可是借用他人的智慧啊！

接下來，弱王沐浴更衣，慎而重之地邀請姬五進宮。姬五連測了七晚的星象後，於第八日上午辰時上三刻，在楚王宮外的廣場上，當著數千百姓之前給楚國預算天命。

測算天命的九十九個銅板均以乾面朝上，預示楚國國祚悠長的消息，在第一時間流傳到了郢都的每一個角落，並且以最快的速度向四方擴散。

至此，楚人人心大定，上自大臣，下至販夫走卒，不再似以前那般惶惶不安。人心是穩下來了，可五國聯軍將要誓師出征之事，並沒有因為叔子的預測而得以停步。

大戰已迫在眉睫！

時間已刻不容緩！

楚國眾臣這陣子日思夜想，想來想去都是束手無策，不知不覺中，他們的注意力再次回到了孫樂身上。

孫樂仰著頭，望著一片樹葉從樹枝上飄然旋轉間，向她的腳背上落下，剛剛落下，一陣輕風吹來，把它捲離了孫樂的腳背，捲向一邊的小溝渾水中。

她看得如此認真，如此專注，直到身後的人靠近了也沒有發現。

一隻溫熱的手掌握上了她的小手，接著，姬五清悅的聲音傳來——

「孫樂。」

「嗯？」

姬五靜靜地凝視著她，低低地說道：「妳可是想幫弱王了？」

孫樂搧了搧長長的睫毛，點了點頭。她轉頭對上姬五，看著這雙以前清淨如水，如今盛滿了憂愁和無奈的眸子。

她伸手撫上他的眼睛，低低地說道：「姬涼，你本自由自在，超然物外，要是沒有我，你定沒有這麼多煩惱了。」

姬五把她的小手按在臉上，目光中溫柔一片。「從前渾渾噩噩，如今雖時有苦痛，其甜美處卻是平生僅有。孫樂，我無悔的！」

孫樂聽到這裡，揚唇一笑。她看著姬五明顯深鎖的眉心，輕聲說道：「這一次出使後，如我能平安無事，我們就拋開楚國，一起遠走天涯吧。」頓了頓，她又說道：「你要信我。」

見姬五怔住了，孫樂笑道：「我已想到了自由行走世間的法子了。」

姬五大喜過望。

他傻乎乎地看著孫樂，實是不敢相信自己的耳朵。這一個月中，孫樂總在楚宮中陪伴生病的弱王，自己要見她一面十分為難。而且，路上遇到的那些楚臣，明言暗諷的話都甚是難聽。

他曾經以為，自己快要失去孫樂了，卻沒有想到在這個時候，孫樂給了這個承諾。

他幾乎要絕望的時候，他的孫樂卻告訴他，她從來就沒有改變過心意。他每一天都在等著，等著孫樂告訴他，她的選擇，現在，他聽到了！

不知不覺中，姬五的眼中一陣酸澀，淚水不受控制地湧出。

丈夫流淚，好生羞也，當下他連忙側過頭去，掩去自己的不自在。

孫樂仰頭靜靜地看著姬五，她看到了姬五的情動，心中頓時滿滿的好不溫暖。她暗暗想道：弱兒你對我雖然情深，可是我已經選了姬五了。這一次，我如能助你救得你的家國，保住你的江山，那也是償還你的情意了。

人生不如意事十有八九，弱兒，你替雉姬說話的書簡傳來之日，我與你的男女之情便已斬斷。就算是誤會一場，可是……可是，我已有姬涼了啊！

孫樂沒有察覺到，這個時候的她之所以決定與姬五遠離楚國，除了感情的考慮外，還有一種感覺是，她真的疲憊了。

孫樂從來就不是一個很主動、很有權力慾的人。這一次縱橫，她可以冒著九死一生的危險前去，可是下一次呢？下下一次呢？

一直以來，孫樂每番出頭，都是為了自我的生存，都是強迫自己去承擔種種責任和風浪。她早就倦了，想退了，想如尋常女人一樣，守著丈夫、孩子，安靜地過段日子，而不是如現在這樣，一不小心便把自己推到風尖浪口，永遠沒有個安寧處。

姬五眨去眼中的澀意，轉頭看向孫樂。四目相對，兩人都是一笑，頓時所有的不快和煩惱都已飄散不見。

姬五目送著孫樂轉身離開的背影，暗暗想道：她身分已露，世人無不知田公孫樂之名，卻不知她要用什麼法子接近諸侯王？

轉眼，姬五又想道：這一次嬴秋等人是誓要滅掉楚國，就算她有法子僥倖說服了各國，只怕一轉身便會遇上無數刺客，她這一次出使，實是危難重重，九死一生啊！

孫樂，如果妳遇到了什麼不幸，姬五陪著妳便是。

姬五想到這裡，嘴角微微一掠，一抹流光溢彩的笑容從那俊美無儔的臉上劃過。

孫樂來到楚宮時，弱王正與君臣在商討著五國進攻之事。他們聽到太監稟報孫樂求見時，先是一怔，轉而盡皆大喜。

孫樂一進殿，便對上一眾歡喜的、期待的眼神，數十雙眼睛光采漣漣地看著她，這些眼睛，都在小心地打量著她，細細地注視著她，每一個人都想從她的臉上看出蛛絲馬跡來。

孫樂徑直走到弱王的榻前，她深深一揖，朗聲說道：「陛下，孫樂已有策矣！」

「嘩——」

一陣歡喜的抽氣聲傳來，一瞬間，殿內的氣氛變得歡喜而熱烈。

弱王不敢置信地看著孫樂，騰地站起身來問道：「姊姊有何妙計？」

孫樂微微一笑，朗聲說道：「易耳！只需陛下請一高人，為孫樂易容改扮，孫樂便可再次遊說諸侯矣。」

孫樂這話一出，眾臣同時叫道：「善！」

眾臣的「善」字一出口，本來大喜的弱王卻沈默了下來。

他盯著孫樂，等到眾人安靜後才開口道：「姊姊是否已想好了如何遊說諸國？」

孫樂微微遲疑，道：「然。」

「善！」弱王注視著她，果斷地說道：「孤選出幾個擅長言辭之人，姊姊教會他們如何行事便是。」

眾臣怔住了，他們這時清楚地聽出來，弱王這是不願意讓孫樂出行了啊！

孫樂怔怔地看著弱王，半晌都說不出話來。

弱王見她遲疑，揮了揮手。「先退下吧。」

「喏。」

眾臣一退下，弱王便看向孫樂，目光溫柔，低低地說道：「姊姊。」

「嗯？」

弱王從榻上慢慢站起，轉身來到孫樂面前，在離她的面孔僅有半公尺處才停下。他靜靜地望著眼前秀美溫婉的面容，低低地說道：「姊姊，從小時候起，弱兒便知妳不喜歡這世間的紛爭。可是命運弄人，姊姊妳不管躲到哪裡也逃不出這些紛爭。」

他目光如水般溫柔，溫柔中帶著羞慚，隱隱的還有一抹堅定。伸出手，弱王握上孫樂的小手，輕聲說道：「這一次不同以往，姊姊如果出使，被世人識出了怎麼辦？宮中雖有擅長易容化妝之人，可那術藝騙不過熟人。姊姊如果遇到了魏侯，遇到了贏十三，遇到了越人，非被認出不可！到那時，天高地遠，姊姊叫弱兒如何伸手相救？」

弱王娓娓而談，孫樂聽著聽著，心中又是百感交集。她低著頭，慢慢地閉上了自己的眼睛，暗暗想道：弱兒，你不要對姊姊這麼好！姊姊是個自私的女人，你忘了姊姊吧！你這樣，叫姊姊如何離開你？

可是，這些話也只能想一想，她是絕對不敢說出來的。

弱王道：「姊姊，把妳想的對策說出來吧，我令人執行便是。姊姊大才，沒有必要親歷險境。」

孫樂慢慢睜開雙眼，她眨了眨長長的睫毛，低低地、喃喃地說道：「世間人有百種性，許多話、許多事得隨機而變。姊姊雖有了對策，可這些對策如果施用不當以致事敗，後果不堪設想。」

她說到這裡，被弱王緊緊握著的手顫抖了起來。

這顫抖越來越劇、越來越劇，突然間，孫樂縱身一撲，緊緊地抱著弱王，把臉埋在他的懷中，放聲大哭起來。

她這一哭十分突然，哭聲驚天動地，弱王明顯給她哭愣了去。他眨巴著眼，不解地看著懷中的孫樂，伸手慢慢擁緊了她。

孫樂把頭緊緊地埋在弱王的懷中，淚如泉湧，她一遍又一遍地在心中叫道：弱兒，姊姊對不起你！弱兒，姊姊要離開你了！弱兒，姊姊不能愛你啊！弱兒，姊姊已經選擇了姬五，在沒有姊姊的日子裡，你一定一定要堅強，要如以往一樣意氣風發！你一定要忘記姊姊啊！

千言萬語梗在她的喉中，可是發出來的，卻只是一聲又一聲的嗚咽。孫樂不斷地飲泣著、嗚咽著，卻一個字也不敢發出來。她知道弱王聰明絕頂，自己只要說出隻字片語，他便會察覺到自己的意圖。

她是多麼地捨不得眼前這個懷抱，捨不得眼前這個男人。可是……可是，這世上哪有兩全其美法？她捨不得也得捨啊！

孫樂啞著聲音哭泣的樣子，讓弱王看了心中好不絞痛，他慌慌張張地伸袖拭著孫樂臉上的淚珠，一遍又一遍，一下又一下，可那淚珠如同流泉一樣，剛剛拭去又有新的流下。

弱王一遍遍地拭著，轉眼衣袖已濕透。

他這時是真的給孫樂哭慌了，一連迭聲地問道——

「姊姊，到底怎麼啦？」

「姊姊，是不是發生了什麼事？」

「姊姊，可以想法子的，可以選到合適的人做這個說客的！」

在弱王一遍又一遍的急問中，孫樂只是一個勁兒的搖頭，一個勁兒的淚如雨下。終於，她慢慢地止住了哭泣，哽著聲音說道：「弱兒，姊姊只是、只是……」她咬了咬唇，終於把話說完。「姊姊只是擔心……」

弱王把她緊緊地擁在懷中，聲音也啞了。「姊姊，是弱兒無能，是弱兒無能！弱兒本來是想讓姊姊享受榮華富貴的，卻一再讓姊姊陷入險境中。是弱兒無能啊！」說到後面，他的聲音中也帶了哽咽。

孫樂慢慢地收住淚水，慢慢地離開他的懷抱。她眨了眨淚眼，怔怔地看著眼前那一片被她哭得濕透的衣襟，久久說不出話來。

楚臣們並沒有散去，在這種緊要關頭，他們哪裡能放鬆地離開？此時此刻，一張張臉都狐疑地看著書房中，心中七上八下的，不知道裡面兩人是因何事哭泣？

也不知過了多久，房門「吱呀」一聲推了開來，孫樂和弱王走了出來。

這一次出使實在太過重要，一有不慎便可能前功盡棄，楚國覆滅。

因此，弱王雖然萬般不放心，也萬般不願意，還是聽從了孫樂的要求，由她化妝易容後前去諸國。

第三十四章　縱橫五國思退路

這一次，孫樂化名陳秦，共帶黃金一千斤。

在孫樂的計劃中，這次出使不能太張揚，在必要時還得隱藏形跡，因此她只帶了四十六輛馬車，以及百來位普通的劍客，至於那些美人和綢緞就沒有必要了。

出於對孫樂的安全考慮，弱王派了二十個劍師、五個大劍師跟在她身邊；而姬五那邊，連陳立也派來了。這已經是兩人最強的護衛力量了，可以說，孫樂這一走，他們自己的安全都成了問題。

這些人，再加上孫樂本來擁有的劍師，以及一些通曉各國形式、專門替楚從事外交工作的賢士，還有會易容化妝術的那個與孫樂相識的騎驢劍客，和馭伕雜役等，總共兩百人不到。不過他們人員雖然不多，力量卻是空前的雄厚。

一切準備好後，孫樂靜悄悄地出了楚國，向吳境駛去。

她第一站之所以選吳國，便是因為吳國內無人識得她孫樂，是此行最安全的一國。

一路上，各位劍師都對孫樂很是好奇，在他們看來，五國合攻楚已成必定之局，實在想不明白孫樂會從何處下手說服諸侯。

可是，他們雖然心癢難耐，孫樂卻一點解釋的想法也沒有。她的馬車一直閉得緊緊的，偶爾伸出頭來，也是對著漫漫山林出神。

事實上，顯得高深莫測的孫樂一直在整理思緒。

吳國疆域在諸侯中不算小，不過這個國家一直沒有經過戰火，再加上現任吳侯懦弱好享受，依戰力而言，是遠不如秦、魏兩國的。

楚、吳相鄰，孫樂等人一路急趕，不過二十天便到了吳國都城姑蘇。

孫樂這一隊兩百人不到的隊伍，顯得很普通，再加上他們收起了代表楚國的徽章印記，因此整個車隊與普通的商隊毫無區別。當他們的馬車駛入時，都沒有幾個人注意到。

因為有通曉吳事的賢士安排，眾人悄無聲息地就在吳國安頓好了。

孫樂剛停下來，便迅速地安排下去，一方面令精通吳事的楚使著手安排自己與吳侯的會面，一方面她帶著陳立在姑蘇城中四處遊玩、觀察。

姑蘇城是個溫柔美麗的水城，雖然遠不及中原繁華熱鬧，可不管是山峰雲林，還是流水小橋，都很見精巧。

但是話又說回來，不管是在什麼時代，財力更能點綴城市。姑蘇雖是大城，可吳畢竟不是中原，孫樂兩人一路看來，入目的盡是木屋、竹樓，建得簡單至極，多是不禁風雨的孤寒單薄，搖搖欲墜。行人則多是麻布草鞋，體形瘦小，臉色蠟黃，少有錦衣華服的貴人。

孫樂上次與黑甲軍匆匆經過吳境內，根本沒有到姑蘇城中來過，現在有了機會，卻沒有多少心情。

遊玩了兩天後，孫樂在陳立的詫異中，居然拿出十金在姑蘇城中的偏遠處購得一房。那房，是孫樂看中，事後再令陳立瞞著眾人購買的。

這可真是奇怪哉也！陳立直是想破腦袋，也想不通這購房與此次出使之事有何關聯處？

第三天，派出聯繫吳侯之人前來稟告，說吳侯雖然知道他是楚使，不過還是願意給他一次求見的機會。

於是，孫樂沐浴更衣，在太監的帶領下向吳王宮走去。

吳王宮靠河而建，卻建築得極為秀致雅麗，整個建築群以石牆圍住，裡面數不清的竹樓和木樓聳立其間，這些竹樓、木樓本身便建得極為精美，又掩在森森樹林、潺潺流水中，讓人一見忘俗。

居然在宮中有這麼長的小河！孫樂好奇地想道。

吳侯顯然也不想孫樂這楚使與自己會面時太過冠冕堂皇，孫樂從小門而入，拐了幾道迴廊後，在一座由五幢木樓組成的庭院中相會。

幾個太監、宮女散在院落裡，懶洋洋地曬著太陽，他們看到孫樂走來後，一個太監尖著嗓子問道——

「可是陳秦？」

孫樂叉手應道：「然！」

「陛下在裡面候著呢，快快進去！」

「喏。」

孫樂應聲踏入房中。

廂房中，吳侯懶洋洋地靠在一個美姬的懷中，要睡不睡地打著盹，在他的身邊，另一個美姬正在為他捶著腳。

這是孫樂走進去後見到的景色。

她進門後，房中三人眼睛也沒有抬一下，吳侯甚至響起了輕輕的打鼾聲。

孫樂見此想道：這吳侯料我這楚使有事求他，都擺出這態度來了，當真輕忽無禮！

想到這裡，她重重哼了一聲，冷笑道：「真是可笑！甘為他人馬前卒，身死國滅不知處，還在那裡以為得到了強助。」

孫樂的聲音一落，打著盹的吳侯咻地一聲坐直了身子，他渾濁的雙眼一直，衝著孫樂怒道——

「你這無禮匹夫，竟敢危言聳聽！」

他怒喝聲既尖且嘶。

孫樂似乎沒有察覺到吳侯已被自己惹火了，她大步走到吳侯身前，施施然地從旁拖了一個榻几過來，然後，施施然地在吳侯三步處面對著他坐下。

坐下後，孫樂轉向左右兩美姬喝道：「客人已至，何不奉酒?!」

兩美姬一愣，不由自主地看向吳侯，見他理也不理地只顧看著這個黃瘦楚人，當下喏喏應是，移几的移几、斟酒的斟酒。

吳侯怔忡地看著從容不迫，彷彿在自己家中的陳秦，不知為什麼，心中竟有點發虛。因為這點發虛，他竟是惱怒不起來。

他慢慢傾身向前，盯向陳秦問道：「公剛才所言可有說乎？」

「然！」

孫樂朗聲應道，她接過美姬遞來的酒水，拿起几上的玉杯，一邊給自己倒酒，一邊朗朗地說道：「秦今日來此，是替吾王來與陛下相約。」

孫樂這話一出，吳侯即嗤笑出聲。

他的笑聲剛出，孫樂便抬起頭來，雙眼炯炯地盯著吳侯，極其理直氣壯、胸有成竹地盯著他，她這個表情，令得吳侯嗤笑聲一止，又疑惑起來。

孫樂向前微傾，緊緊地盯著吳侯，一字一句地說道：「吾王言，他日五國犯楚國之時，王不得先攻楚！如秦有退兵之意，吳人需同退之！如有抗，楚必對吳傾全國之力以滅之！」

陳秦的話斬釘截鐵地說來，直說得吳侯冷颼颼地打了一個寒顫。

縮了縮腦袋後，吳侯在害怕之餘卻好奇起來。「秦有退兵之意？你楚人能令秦人退兵？」

「然！」

孫樂高深莫測地一笑後，語重心長地說道：「陛下是聰明人，應知這個約定對陛下有百利而無一害。」

吳侯點了點頭，暗暗想道：這個約定當然對我只有好處！哼，我吳人只有這麼多兵力，可沒有打算率先攻打你們楚國。不過要是能跟在秦魏之後搶得你們楚國的城池，倒是挺樂意的。

孫樂笑了笑，繼續說道：「吳國雖不小，兵卻不強，聽說這次與秦相約，欲發兵二十萬，車八百乘以攻楚？」孫樂說到這裡，嘴角浮起一抹冷笑來，言辭朗朗，神態傲然地說道：「我黑甲軍天下無敵，豈是你區區弱吳可以抵擋？再者，叔子已為我楚卜算，百枚銅板盡皆朝上，天意令我國運昌盛啊！」

孫樂說到這裡，搖了搖頭，無比感慨地說道：「不過吳軍二十萬，車八百乘，已強越人一倍。吳軍對我黑甲軍而言雖說弱小，可若在此次越傾全國之力攻楚，國力空虛之時那麼倒戈一下，搶去越地半壁江山倒是順便。」

孫樂最後一句純像是無意中說出，說完後也沒有看吳侯一眼。

可是吳侯在聽到這句話後，卻是精神大振，眼中精光連連閃動，左側幾根長長的眉毛不斷地跳動著。

吳侯畢竟是一國王侯，雖然向來懦弱不喜戰事，又給孫樂的氣勢給嚇住，這時也漸漸回過神來。

他抬頭盯著陳秦，傾身問道：「尊使可真有策令得秦人退兵？」

孫樂笑了笑，淡淡地說道：「陛下何必懷疑？秦人如沒有退兵，陛下尾隨其後掠我大楚城池子帛便是！」

吳侯聽到這裡，驚疑不定地看著陳秦，想道：也不知楚人想到了什麼對策，居然如此自信？罷了，這個約定只是要我相機而動，甚合我意。秦能勝楚也好，秦人自退也好，都對我沒有損害。

轉眼，他又想道：這個約定還真是越想越不錯。我只需要做到不在秦人之前攻楚，便可以在不過分得罪楚人的前提下安享其成。再則，我還可以得到楚國的城池子帛，大妙啊！

吳侯想到這裡，已是滿懷信心，整個人都精神大振，連看著陳秦這個不可一世的楚使都順眼了起來。

當下，他哈哈一笑，拊掌道：「善！大善！」

他這是答應約定了。

當然，這麼一個對吳人沒有半點損害的約定，換了誰也會答應。

孫樂微微一笑，舉起手中的酒盅一揚。「今日之事，王密之！」

「喏！」

吳侯雙手一合，喝道：「來人，給貴客上酒！」

喝聲一落，兩聲嬌柔的女聲應道：「喏。」

孫樂笑了笑，漫不經心地接過兩女遞來的酒，一飲而盡。飲完酒後，她把酒杯朝几上一放，對著吳侯叉手言道：「陛下，約定既成，陳秦告退了。」

說罷，她袖子一甩，大大咧咧地走了出去。

孫樂一走出，陳立便大步向她迎來，兩人並肩走出院落。

陳立四下看了一眼，見四周的宮女、太監都隔得很遠，便低聲對孫樂說道：「剛才妳在裡面說話時，我可是冷汗涔涔。吳侯為一國之君，妳怎地毫不客氣？」

孫樂笑了笑，她也低聲回道：「吳侯內卑而多疑，我替楚而來，越是咄咄逼人、氣勢凌人，他便越是心虛，越是覺得楚人胸有成竹。」

陳立點了點頭，沈吟道：「這話倒是不錯。」說到這裡，他搖了搖頭，嘟囔道：「吳侯差楚弱多矣！」

孫樂聞言莞爾一笑。

他好奇地看著孫樂，忍了忍，還是問道：「那妳為何只是與他約定吳人不得先秦攻楚？這樣的約定對楚國有何好處？」

孫樂笑而不答。

陳立又問道：「嬴十三氣勢洶洶而來，秦侯對滅楚志在必得，妳為何這麼肯定秦人會退兵？」

他的問題是一個接一個而來。

孫樂轉頭似笑非笑地睨了他一眼，說道：「到時自知。」

陳立聞言頭一低，無精打采地長嘆了一口氣。

此時的他，實在是心癢到了極點，不過他知道孫樂的為人，她不願意說的話，勉強也是無用。話雖是這樣說，但天可憐見，陳立此時無比地想要委屈委屈她，令她解去了自己的迷惑。

孫樂不用抬頭，也可以想到陳立心癢難耐的樣子。她嘴角含笑，腳步不停。

不一會兒，兩人便出了側門。側門處，她的馬車正停在那裡，孫樂走近時，只見四、五個吳臣正在對著馬車張望。

這幾人看到孫樂和陳立走近，不約而同地向她看來。

看著看著，一個二十五、六歲，個子矮胖的賢士突然雙眼睜得老大，一瞬也不瞬地對著孫樂打量起來。

易容後的孫樂，是個臉色微黃、面目清秀的普通青年，可是這種易容化妝術在孫樂自己眼中也是破綻百出。她的雙眼根本沒有掩飾住，太過明秀，她行路說話，還有舉手投足更是處處可見漏洞。當然，這些破綻的前提是遇上認識她的人！

那矮胖賢士打量孫樂的目光，令得她的心怦怦地一陣亂跳。她在四個吳人的打量中，面不改色地和陳立跳到馬車上，然後，馬車駛去。

孫樂剛走出不到一百公尺，張著的耳朵便聽到那矮胖賢士在問——

「此子何人？」

有人回道：「他名叫陳秦，許是楚人。」

陳立感覺到了孫樂的緊張，他掀開車簾朝後面看了一眼，皺眉道：「孫樂，妳可是不安？」

孫樂點了點頭，苦笑道：「我這易容之術極為粗淺，只要見過我的人便會認出。」

陳立皺眉道：「認出又如何？可會影響吳侯的決定？」

孫樂想了想，搖了搖頭說道：「那倒不至於。」

陳立哈哈一笑，哂然道：「我想也是。妳這約定，對吳侯只有好處，就算他知道了妳就是田公孫樂那又如何？」

孫樂笑了笑。

這時馬車剛駛出吳王宮，行走在王宮與姑蘇城相連的內道上。

內道右側，一條清澈的小河蜿蜒而過。孫樂低頭看去，只見水波蕩漾，清可見底，隱隱地還可以看到水底有游魚。

小河的兩旁都植有柳樹，風一吹，柳條婆娑而動，小河的盡頭，幾幢竹樓掩映在綠樹紅花當中。

當真美不勝收。

孫樂看著看著，心中漸漸地轉為安定。

就在這時，後面傳來一陣急喝——

「前方的馬車速速停下！我家大王有請！」

孫樂嘴唇一抿。

陳立一凜。

兩人相互看了一眼後，陳立迅速地掉頭看去，說道：「是吳宮衛士！不對，還有幾個劍師，他們追出來了！」

陳立聲音一沈，哼了一聲。「來人還不少！」

這時，馬車已駛到了橋上，橋的那頭便是宮門。

橋很短，馬車一駛而過，轉眼便半身出了宮門。

後面的人還在緊緊追來，大呼小叫不已。

孫樂暗暗叫苦，她突然發現，這馬車一出宮，自己面對的便是一城的吳人。

這個時候，追來的衛士強不強大都無關緊要，只要來人喝一聲她便是孫樂，她便會陷入人群的包圈中，到那時，陳立再強大，自己也得逃離姑蘇城。

吳地任務已經完成，離開也不要緊，可是接下來去的諸國呢？那裡能認出她的人只會更多啊！只怕到時會與一開始擔心的那般，人還沒有靠近諸國都城，她孫樂便已被世人四處驅趕了。

孫樂想到這裡，直是焦頭爛額。正在這時，身後追兵的急喝聲傳來——

「兀那楚人，若再不停下，我等可要喊名字了！」

宮門外，正是姑蘇城最為繁華的闔閭街，孫樂的馬車急急地衝出，身後還跟著大呼小叫的吳宮衛士，這可不是尋常景象，當下引得路人頻頻望來。

孫樂苦笑了一下，叫道：「停車！」

馭伕長喝一聲，馬車慢慢地停了下來。

孫樂的馬車一停下，後面的喝叫聲也立馬停止。「蹬蹬蹬」的腳步聲不絕於耳，片刻工夫，四、五十名持戈衛士衝了上來，密密麻麻地圍在馬車旁。

那個二十五、六歲，個子矮胖的賢士擠開眾衛士，大步走到馬車旁。

不待他開口，馬車中的孫樂已冷冷地喝道：「君欲何為？」頓了頓，她陰森森地喝道：「難不成吳侯想留下我不成？」

矮胖賢士盯著馬車，此時車簾已拉下，他看不到對方的面容。

雖然看不到，但這矮胖賢士卻顯得十分的自信，他雙手一叉，朗聲說道：「閣下言重了。想留下你的是本人！」

「你？」孫樂冷笑道：「你是何方神聖？」

矮胖賢士慢條斯理地說道：「我乃秦人！」頓了頓，他徐徐說道：「此來吳國是為了結盟之事。所以，留下你的事與吳侯無關。」

孫樂緊緊地抿起了嘴唇，饒是她平素智計百出，口才無雙，這個時候也有點無計可施了。這人居然是秦國派來的？

矮胖賢士見對方沈默了，憨厚地笑了笑，繼續說道：「剛才在王宮中見到君，甚覺面熟，因此想求一見。」

矮胖賢士說這句話時，聲音放得慢，聲音也很響，他一邊說，一邊還向旁邊看熱鬧的百姓頻頻叉手。

這一下，不管是看熱鬧的吳人，還是孫樂、陳立，都沈默無語了。

孫樂心如電轉，卻還是想不出一個法子對付眼前的局面。

來人顯然百分百地認定她的身分了。當此之時，她是走也走不得，辯也不好辯，不管做什麼事，都只會讓吳人更關注她，更懷疑她的身分。

感覺到對方的遲疑，矮胖賢士冷笑道：「尊駕不敢與我一見嗎？」

孫樂聞言冷哼一聲，伸手拉向車簾。

「嘩啦」一聲，車簾拉開，孫樂的面容出現在眾人眼前。

她一露出面容，矮胖賢士便是哈哈一笑。

他雙手一叉，朗聲叫道：「果然是田公！田公不是在楚國嗎？怎地到了吳了？田公真不怕吳人發現妳的婦人之身，怒而誅之嗎？」

矮胖賢士這席話，如同扔到了油鍋中的水，聲音剛一落地，四周的眾人便「嗡嗡」地議論起來。

他們對著孫樂上下打量，細細觀察，指點不休。

見避無可避，孫樂也不再多想。

矮胖賢士伸手一招，「蹬蹬蹬」的腳步聲便傳來，轉眼間，眾衛士又向馬車停近了幾步，戈頭又逼近了幾分。

矮胖賢士盯著孫樂冷哼道：「田公孫樂，妳以婦人之身而逞口舌之技，如此行為早為我秦人所深恨，我亦深恨之！某今日誓取了妳的性命去！」

他這是宣佈了！他這是明目張膽地宣佈了！

孫樂這時已完全可以肯定，此人必是嬴十三派來放在吳侯身邊，以防著自己的。看來自己運氣真是不佳，居然這麼巧給他逮上了。

此時，馬車上就只有孫樂和陳立兩人，再加上駕車的也是一個劍師。三人身邊是數十個吳國衛士，此時此刻，數十把長戈森森地指向他們，陽光映照下，戈頭映射出萬千黃光來。

矮胖賢士的宣戰一吐出，氣氛立馬變得緊張而凝滯，殺氣騰騰。

可不管是孫樂、陳立，還是馭伕，都是一臉淡然。

孫樂微微一笑，淡淡地說道：「既想取樂的頭顱，那就上來吧！」

嘩——

圍觀的吳人立即如潮水一般退去。

矮胖賢士緊緊地盯著孫樂，細小的三角眼中流露出無比興奮又無比嗜血的光芒來。太妙了！今日斬得田公頭顱，十三殿下一定會喜出望外。自己的功名富貴已是舉手可待！

他想到這裡，興奮得幾乎要顫抖了。

正當氣氛無比凝滯的時候，突然間，一聲清脆得過分、純淨得過分，還隱有好奇的少女聲音傳來——

「噫！好熱鬧喲！」

這是誰來了？居然如此不知輕重？

眾皆愕然，同時順聲看去，一眼瞟向輕步走出人群的一個青衣少女。這少女面容普通，一雙細長的眼睛快樂地瞇著。

這麼一個平凡不起眼的少女一出現，衛士們都是眉頭輕皺，一臉不耐，那矮胖賢士更是瞟了一眼後便不再理會。

只有孫樂和陳立瞬時雙眼一亮。

這是那個青衣少女！那個在越城中遇到過的青衣少女！那個劍術詭異，已遠超世人認知的青衣少女！

是她，居然在這裡遇到她了！

孫樂的嘴角一揚，臉上露出一抹微笑來。

青衣少女好奇地走出人群，來到衛士們身後，她左瞅瞅、右瞅瞅，一臉興奮，瞅了一會兒後抬頭看向孫樂，笑咪咪地瞇著眼睛說道：「又是姊姊呀！好看的大哥哥呢？他有沒有跟來？你們生娃兒了沒？」

她一連幾個問題，聲音又清又脆，又實是目無旁人，不知死活，當下，矮胖賢士怒了，他轉頭喝道：「來人，把這多嘴的丫頭給殺了！」

他喝聲一出，兩個衛士同時應道：「喏！」

他喝聲一出，陳立立即雙眼一亮，嘴角一彎。

應諾聲中，靠得青衣少女最近的三個衛士同時長劍一掠，在空中劃出一個豔麗的弧度後，分別刺向她的眼睛、咽喉和胸口。

長劍森森，寒意刺骨，一動手已是殺招！

青衣少女嘴一癟，悶悶地說道：「什麼嘛！」她只說了三個字，三個字一出，她背上的竹劍已出現在手中。

三個字一出，眾人眼前便是一花，三聲「叮咚」的佩劍落地聲傳來，眾人定睛一看時，人人目瞪口呆，只見那三個衛士的佩劍盡皆落在他們的腳前，而青衣少女卻是毫髮無傷。

天！

沒有人相信自己的眼睛，那矮胖賢士已是臉色一白。

孫樂和陳立含笑而視，他們初識這個少女時可也是這般驚愕的。

青衣少女不快地皺了皺鼻子，清脆地說道：「出手便是殺人，又攔著我與姊姊敘舊，太也可惡！」

她這一席話共十九個字。

她說話的聲音平平穩穩、清清脆脆。

可是，夾在這平平穩穩、清清脆脆的說話聲的，是一連串的佩劍落地聲。說來也有意思，那佩劍落地聲極有規律，幾乎是她每吐出一個字，便「叮」地一聲脆響，兩把佩劍落地的聲音傳來。

於是，她那一句話變成了「出叮——手叮——便叮——是叮——殺叮——人叮——又叮——攔叮——著叮——我叮——與叮——姊叮——姊叮——訴叮——舊叮——太叮——也叮——可叮——惡叮——」，宛如音樂，倒是動聽得緊。

少女平平常常一句話說完後，出現在眾人眼前的已是滿地落劍，和四十一個握著手腕、一臉驚駭恐懼的男人面容。

孫樂知道，這種驚駭，並不是被打敗的驚駭，而是目睹不應該出現在這世間的劍術的驚駭！青衣少女一伸手，可以令得所有劍客絕望！

這時，青衣少女嘻嘻一笑，輕步向孫樂的馬車走來。

無人敢攔，所有衛士都是雙股戰戰，一個個在她走近之時迅速退開。

在青衣少女走向孫樂的馬車時，眾衛士你看著我、我看著你，也不知是誰喊了一聲

「退」，轉眼間，眾衛士便如潮水一般，急急地向王宮中跑去，瞬間消失得一乾二淨。那矮胖賢士更是腳下如飛，因為跑得太急，他有好幾次都險些摔倒在地。

青衣少女蹦跳地來到孫樂的馬車前，笑咪咪地說道：「姊姊，妳怎麼也到姑蘇來了？嘻嘻，妳上次出現在越，那裡就變得好玩極了，這次到姑蘇也是這麼好玩。姊姊，妳很有趣喔！」

孫樂聞言嘿嘿一笑，很有點不好意思地回道：「姊姊是個是非之身，所經之處易生事端。」

青衣少女聽到孫樂這句「所經之處易生事端」時，雙眼唰地一亮。

孫樂含笑。

青衣少女搓著手，細長的眼睛眨巴著，快樂地問道：「姊姊，妳真的每到一處地方，那裡就會變熱鬧嗎？」她眼珠子一轉，嘻嘻笑道：「嘻嘻，我最喜歡熱鬧了！」

「妹子最喜歡熱鬧？」孫樂含笑道。「那妹子現在可是住在姑蘇城裡？」

青衣少女搖了搖頭，癟著嘴悶悶地說道：「這裡的人太多事了，特喜歡打架。阿青一看到打架就手癢，可是師傅說過我不能傷人，阿青總是忍得難受。」說到這裡，她歪著頭想了想，補上一句。「小白喜歡住在山裡，我也喜歡住在山裡。」

阿青說話時跳躍性很大，正當孫樂對她的話很好奇，準備追問幾句時，她打量著孫樂，忽然癟嘴說道——

「姊姊，妳這妝容是誰弄的？可真醜，一點也不好！」

孫樂聞言，心中咯噔一聲。

她眨了眨眼，含笑道：「難不成妹子連易容之術也通？」她說到這裡，搖頭又道：「姊姊這可不信了，這易容之術何等神秘，給姊姊易容之人已經是很了不起了，姊姊不信妹子真是神仙，連這個也懂。」

青衣少女心性純良，有孩子性格，她聽到孫樂說她很了不起，頓時大樂，小臉上立馬容光煥發，細長的雙眼不斷地眨啊眨的。待聽到孫樂的話中有不信的意思，頓時不樂了，脹紅著小臉急急地說道：「阿青當然會啦！姊姊妳沒有見識過阿青的本領！」

她說到這裡，伸手扯向孫樂的手臂，清脆地叫道：「走！姊姊跟我走！哼，我非得讓妳見識一下不可！」

孫樂朝陳立看了一眼，微微搖了搖頭，轉身跳下了馬車。

阿青扯著孫樂，蹦蹦跳跳地向前走去，一邊走一邊說道：「姊姊，妳這個才不叫易容呢！哼，有這麼差勁的易容嗎？我跟妳說呀，姊姊，阿青可厲害著呢！很厲害的！」

孫樂笑道：「那是，我們阿青聰明絕頂，當然厲害了。」

她這句話十分普通，說的也是事實，可阿青卻興奮得無以復加。她格格笑了幾聲後，頓時心癢難耐起來，恨不得立馬就讓孫樂見識一下自己的易容術，當下也不耐煩與孫樂這樣慢慢行走了，扯著她的手臂朝前便衝。

她這一衝，直是如電如影，眾人眼前一花，街道上便消失了兩女的蹤影。

馭伕從馬車上跳下，向凝視著兩女離開的方向的陳立說道：「可如何是好？」

陳立搖了搖頭，笑道：「田公剛才已示意我們不可跟上，不需為她擔憂。」他說到這裡，笑容一僵，無比遺憾地說道：「若她牽走的是我可有多好？」

孫樂被阿青扯得一路疾馳，她只覺得兩旁景物如飛，身不由己地直向前衝去。可是，她在衝出時，偏感覺到腳下輕飄飄的，整個人沒有了半點重力似的。

這可不是她本人使用了內力的緣故。孫樂無比驚愕地想道：這世間居然有阿青這樣的人物！她只是拉著我，便可令我身輕如燕。

兩女行走如飛，當阿青鬆開孫樂的手，清脆地叫道「到了」時，兩人已置身姑蘇城外一處山谷間的小木屋當中。

這山谷極簡單，與孫樂這一路見到的無數山谷相似，這木屋更是簡單，全部由原木做成，連几上的樹皮都沒有去掉，整個房中除了一床、一几、一櫃子，便再無他物。

阿青扯著孫樂，把她按在几上，快樂地叫道：「姊姊，妳等一下喔，阿青馬上便讓妳見識一下什麼叫易容術。」

說罷，她轉身衝到櫃子前「窸窸窣窣」地摸掏起來。不一會兒工夫，「咚」地一聲，一面銅鏡擺在了孫樂面前。

孫樂望著銅鏡中渾黃的自己，好奇地問道：「阿青，妳臉上該不是使了易容術吧？」說罷，她唰地回過頭來，睜大眼一瞬也不瞬地盯著阿青的臉細看。

阿青臉一紅，搖頭道：「否。」頓了頓，她解釋說：「師父說我這臉很不起眼，可以不用易容術。」

看來阿青對自己的其貌不揚有點羞愧。

她紅著臉說到這裡，細長的眼睛眨了眨。「可阿青用易容把自己弄得美美的，小白又不樂意靠近阿青了。」

「小白？」孫樂這是第二次聽到阿青提起了，她好奇地問道：「是阿青的家人嗎？他住在姑蘇城裡嗎？」

「不是啦！」阿青笑咪咪地說道：「小白就是小白，不是人啦！我以前是被小白養大的呢！」

不是人？

孫樂更好奇了。

這時，阿青已拿過幾個銅器，銅器裡面放著一些古怪的粉末和顏料，阿青也不囉嗦，伸手沾過顏料便在孫樂臉上塗抹起來。

孫樂心一動，趁阿青得意之際，細細地詢問起來。

易容顯然是阿青的得意愛好，她不停地解釋著、說著，還告訴了孫樂各種易容物事的出處、調配。

孫樂本來便聰明，又有心學習，於一問一答中得益極多。她害怕以後遇不到阿青，剛被阿青易容成一個唯妙唯肖的中年女人後，又向她建議再化成別的角色玩。

阿青顯然同伴很少，不知不覺中她被孫樂引得樂不可支，當下連連拍手叫好，洗去她臉上的易容物，又把孫樂化妝成一個二十一、二歲的青年男子。

時間過得飛快，兩人一直玩到夜晚，直到肚子餓了，阿青才腳步如飛地躥了出去。

當阿青再回來時，手中已端了一個大食盒，裡面盡是各色飯菜。

孫樂一問，才知道這些是她特地跑到姑蘇城的酒樓裡偷來的。

當天晚上，孫樂與阿青共宿一床。

到了第二天下午時，孫樂已把阿青的易容術學了個三、四成，畢竟這易容術有現代化妝術的影子，再加上孫樂實是聰明之人，她又只主學三、四種人物的易容技巧，所以學得飛快。

這一次，孫樂動手把自己易容成一個二十三、四歲，臉孔蒼白清秀、雙眼狹長發亮的青年賢士。

易容後的孫樂，連說話的聲音也類似於男人了。孫樂是有內力之人，把聲音改變的技巧極容易學會，只需要通過內力把聲管壓細、變粗而已。

要說弱點還是有的，就是舉手投足間的習慣難以改變。不過孫樂以為這已經不那麼重要了，畢竟不是與她生活了很久的人，是不會在意她的這些小習慣的。

這時孫樂已經知道，阿青本是白猿帶大的，包括她的一身劍術都是自悟的。她十歲時被一個老人收養，那老人很了不起，不但教她識字，教她易容術，還幫助她操練出了現在這一身鬼神莫測的劍術。後來老人帶著她流浪到了越國，老人過世後她便回到了山裡，照樣與白猿住在一起，興起時則滿世界遊玩。

她劍術高超，人又不受拘束，好幾次都跑到越侯宮裡去了，硬是賴在裡面玩了幾天。開始的時候越人還有點怕她，後來見她天真無邪，漸漸地有了把她收為己用的心思。

不過，阿青性子好動，而且純粹的隨心所欲，越人要她做的事，她高興就做，不高興就不做，也沒有人奈何得了她。

阿青雖然在越國久居，嚴格說來卻不是越人。阿青帶著野人習性，孫樂幾次詢問都可以得知，她並沒有家國概念。

這樣最好不過了！孫樂暗暗想道。

到了第三天上午時，阿青已經在木屋中坐不住了，老拉著孫樂要去看什麼小白。

孫樂有大事在身，哪裡敢耽擱？

她把阿青按在榻上，幫她盤著各種宮中流行的墜雲髻。孫樂的手很輕、很溫柔，在她狀如按摩的動作下，阿青快樂地瞇著眼睛，如一隻小貓一樣打著盹。

孫樂微笑地看著孩子氣十足的阿青，心中暖洋洋的。眼前這個少女，純真而強大，又自由自在的，正是她所嚮往的那種人啊！只是，著實寂寞了一些。

「阿青，等姊姊完事後，妳可以來找姊姊的，到那時我們可以蕩著舟，看著日起日落，可以騎著馬，走在荒漠的原野上，也可以唱著歌，遊蕩在群山中……」

孫樂說著說著，自己也沈醉了，她瞇著雙眼，陶醉地望著紗窗外面，望著天地相交的地方，腦海中浮現出一幕幕美景來。

阿青雙眼發光地傾聽著，孫樂還沒有說完，她便急急地叫道：「當真？當真？姊姊妳什麼時候完事啊？妳的事情難不難？阿青幫妳做吧！」

孫樂一笑。「事情很難，而且還要秘密行事，不是阿青喜歡的。」

阿青雖然劍術深不可測，可孫樂自忖自己有了這手易容術，到各國出使時已沒有了多少危險。當然，更重要的是，阿青天真爛漫，對世人所知不多，自己所行的事又過於隱密，她跟在身邊可不妥當。不然的話，她還真想現在就帶著這個妹子在身邊呢！

聽到孫樂說要秘密行事，阿青嘴一嘟，悶悶不樂地。

孫樂含笑看著她，細細地把她額前的頭髮向後梳，繼續說道：「姊姊還會弄很好吃的飯菜，到時我們吃得飽飽的，高興就在院子裡養一些小雞、小鴨，不高興就跑到各國王宮中走上一圈、住上一陣，天天扮鬼去嚇唬那些公主、王子的。我們還可以扮成兩個小老太婆，走在姑蘇城的小橋上，走在薊城的王城內道上。阿青，到那時我們一定很快活，不用憂心戰事，不用擔心誰輸誰贏，天天都過得很快活。」

阿青給孫樂說得眼睛都瞇成一線了，神往不已，待聽到孫樂最後一句，她趕緊清脆地說道：「我現在就不憂心戰事，也不擔心誰輸誰贏啦！阿青現在就很快活。」

她說到這裡，似乎覺得自己這樣說不太對，便又加上一句。「嘻嘻，不過要是與姊姊在一起會更快活！」

「是啊，一定會更快活！」孫樂輕聲應道，目光已經迷離。她出神地望著窗外連綿的青山，忽然唱道：「青山相待，白雲相愛，夢不到紫羅袍共黃金帶。一茅齋，野花開，管甚誰家興廢誰成敗……」

孫樂一唱，阿青也饒有興趣地跟著唱了起來。

與她天才縱橫的劍術和易容術不同的是，她是典型的五音不全，這一首優美的曲子從她的咽喉中發出，直似鬼哭狼嗥一般。最讓孫樂痛苦的是，阿青居然對唱歌有了濃厚的興趣！孫樂給她開了這一個頭，便沒有完了的時候。

魔音傳腦中，孫樂一直熬到了下午才得以脫身。

她揮別阿青，轉身踏上了官道，回到了姑蘇城。

這時的她，依然是一個二十三、四歲，臉孔蒼白清秀，雙眼狹長發亮的青年賢士。

姑蘇城中一切如常，走在人來人往的街道上，孫樂沒有引起半個人的注意。

當她出現在楚使安置的所在時，一切如常。看來陳立做得很好，整個隊伍並沒有因為自己的不在而亂了套。

通過門衛後，易了容的孫樂，令得陳立等人大吃一驚。他們直到孫樂洗了妝，露出本來面目才敢相信真的是她。

「善！真是天助我大楚！田公如此面目，將不會再起事端矣！」跟隨過孫樂的楚國劍師申先拊掌讚嘆著。

孫樂笑意盈盈，朝喜笑顏開的眾人說道：「時已不多，我等速速啟程吧！」

「喏！」

整齊的應諾聲中，隊伍向姑蘇城外駛去。

當他們出城門時，明顯增多了的城門衛士眼睜睜地盯著隊伍半晌才放行。

直到他們走得老遠了，身後還有嘀咕聲傳來——

「怎地不見田公孫樂？」

「聽說她被那可怕的越女給帶走了！那越女行動如鬼如魅，哪裡是人？田公怕是凶多吉少！」

對話聲中，孫樂等人發現，不時有行人跟在車隊後面，也不知是不是贏十三的人？孫樂冷笑一聲，暗暗想道：這些人定也是想知道自己何時出現？何時與車隊會合吧。哼，官道漫漫，由他們跟去！

果然，那些人跟了百多里後，眼見官道上行人越來越少，他們這些跟蹤的人也越來越顯眼，孫樂又遲遲不出，便一個個停步不前了。

又走了五十里後，最後幾個跟蹤的也放棄了。

「田公，此去可是往越？」

孫樂笑了笑，回道：「否，往韓吧！」

眾人面面相覷。吳越相鄰，這裡往越不過十幾天便可以趕到，可孫樂為何跳過越了？難不成她不準備遊說越國？

可是，越國明明也是這次的主攻國之一啊！

沒有人猜測得到孫樂所想，她又不喜歡說出來。當下，眾人把疑惑悶在心中，掉頭向韓國方向駛去。

從吳到韓，又是漫漫千里路程。

車隊一路日夜兼程，因為他們的隊伍沒有驢車和牛車拖累，一色的馬車陣容，如陳立等劍客，既可騎馬，也有空馬車等著他們累時坐上，因此這速度快了許多。

一個半月後，車隊便趕到了韓國都城平陽。

韓國孫樂上次來過，天下諸國中，韓國算是很小的了。

孫樂一到韓國落下腳，依然是如在吳國時一樣，一面派精通韓事的楚人去向韓侯聯繫，一邊和陳立兩人在平陽城中四處逛蕩。

這一次，孫樂照例拿出十幾金在平陽城的稍偏處購得一院子。

當天晚上，孫樂便接到了韓侯願意一見的通知。與上次一樣，孫樂帶上陳立等兩個劍師，在一個太監的帶領下，繞過彎彎曲曲的迴廊，近乎悄無聲息地來到了一處宮殿前。

孫樂一邊走一邊暗暗想道：秦人的威望在不經意間還是深入人心啊！韓、吳只因與秦有約，面見我這樣的楚使便如此小心。

宮殿中沒有笙樂傳出，燈籠在夜風中飄拂不已。帶著孫樂來到一處廂房前的太監腳步一停，示意孫樂走上階去。

孫樂整理了一下頭冠，大步走到階前深深一禮，朗聲說道：「楚人楚尚見過韓侯！」

上一次在吳她所化名的陳秦最後被人識破了身分，孫樂不知道消息有沒有傳到韓國來，出於慎重起見，她只好再次換了一個化名。

「進來吧。」

「喏。」

孫樂大步走了進去。

一進門，便是層層疊疊的帷幔飄蕩著，殿內，一陣沉香若有若無地飄出，讓人心靈沈靜。

孫樂腳步放輕，再次整了整衣袍頭冠，然後才揭向帷幔，一連揭開了五層帷幔，才看到端坐在榻上那個臉色微黃、雙眼細長、長鬚，戴著王侯冠的中年人。

他就是孫樂曾經見過的韓侯了。在韓侯的旁邊，各坐著兩個臣子，其中一人也是孫樂見過的大夫信。

韓侯見楚尚進來，右手一舉，溫和地說道：「楚子請坐！」

「謝大王。」

孫樂一禮施罷，從容地在五人對面的榻上坐好。

「斟酒。」

「請飲！」

「謝大王。」

孫樂左手攏著右邊的衣袖，仰頭喝下玉杯中的黃酒。

她把酒杯剛放下，韓侯又道——

「斟酒！」

「喏。」手舉著酒壺的侍婢應聲前傾，再次給楚尚的玉杯中滿上酒水。

「請飲。」

「多謝大王。」

孫樂叉手謝過後，卻沒有如韓侯所敬的那樣，再次舉杯把酒喝下，而是按著玉杯口，目視著韓侯，徐徐說道：「陛下可知楚尚因何而來？」

「然。」

韓侯不陰不陽地笑了笑，略帶嘲諷地說道：「為救楚而來。」

孫樂哈哈一笑。

她的笑聲響亮而清脆，那清秀的面容中帶著十分的嘲諷。

沒有人想到楚尚會是這樣的表情，韓侯及諸臣都皺起了眉頭。

孫樂大笑罷，舉起玉杯小小地抿了一口，低眉斂目地笑道：「否，尚是為救陛下而來！」

孫樂這話一出，幾聲喝斥同時傳出——

「大膽狂徒！」

「好生無禮的楚子！」

韓侯沒有動怒，他細長的雙眼陰了陰，俊朗的臉上憂鬱地一笑，徐徐說道：「楚子所言過矣。」

韓侯的聲音很隨和、很溫厚，這句話根本不是喝斥，倒似是勸導。

孫樂又是仰頭一笑，哂道：「否！尚確實是為救陛下而來！」

她無視四個大臣發黑的臉色，身子微微前傾，目視著韓侯問道：「敢問陛下，韓主戰者何人？統戰者何人？」

韓侯溫和地說道：「孤的丞相公仲移也。」

孫樂拊掌嘆道：「尚此次來韓，一路所過阡陌田野，父老口中所敬所言者，皆相國也。」

韓侯的臉色變了變。

孫樂視若無睹地嘆道：「唉！韓人皆知有相國，不知有陛下矣！」

韓侯臉色再次一變。

四個大臣都是臉色一青，左側第二個鬍子大漢上身一挺、濃眉一豎，正準備說些什麼，卻被旁邊的大臣給按下去了。

孫樂聲音朗朗地嘆道：「此次與秦等四國聯合攻楚，主張之人相國也，主帥之人亦是相國。如此戰勝，相國割得楚十數城，得金帛子女大勝而歸，父老舉城歡慶，大呼雄威者，陛下乎？相國乎？」

孫樂侃侃說到這裡時，只見韓侯有點黃的長臉白了白，細長的眼眸中閃過一抹怒意和思索。

孫樂抬頭盯著韓侯，身子微傾，一字一句地說道：「韓舉國之力方有十三萬軍，車八百乘，此次與楚一戰，相國盡攜之。到回師之日，相國率全國之卒，得父老之心，陛下就不懼他登高一呼，挾盡民心而制陛下乎？屆時，誰人記得韓乃陛下之韓？噫呼，相國威風，為王、為相皆在他一念之間。」

孫樂的話音一落，滿殿再無聲息傳出。

韓侯和眾臣面面相覷，臉白如紙。

孫樂的這席話說得很明白，現在相國公仲移在民間威望極高，他這次帶著全國兵馬去攻打楚國，如果他勝了，他的威望將會更高，就算此戰敗了，大軍在他手中，他到時也是想為王便為王，想為相便為相。

在韓侯五人的啞口無言中，孫樂長嘆一聲，意味深長地說道：「陛下，為臣子者，怎可在威望高於陛下之時再擁重兵？陛下，兵乃國之利器，不可輕忽啊！」

滿殿只有斷續的呼吸聲傳出。

孫樂一席話說完後，再次長嘆一聲。她搖了兩下頭後，從身邊的侍婢手中接過酒壺，給自己斟起酒來。

她低眉斂目地斟著酒，臉色木然，看也不看表情十分難看的韓國君臣一眼。

這一次韓國主戰之人便是公仲移，孫樂上次教給韓侯的法子雖然有點效果，可是韓侯畢竟不是公仲移的對手，不知不覺中還是讓他更加勢大。

也不知過了多久，韓侯站起身來，向楚尚深深一揖，沈聲說道：「還請楚子救孤！」

孫樂也站了起來，她還了韓侯一禮，朗聲道：「陛下，臣代吾君與陛下相約。此次諸國犯楚，陛下如作壁上觀，他日秦人若為難陛下，楚必全力護之。」

她說到這裡，傲然說道：「吾君已有對付秦人之策矣，此次秦人必無功而返！」

「此言當真？」

「不敢欺瞞大王！」

「善！」

韓侯站起身，在房中轉起圈來。

他暗暗想道：與秦結盟的人一直是公仲移，公仲移勢大，自己就算想把統帥權拿到手亦不可能。

站在他的立場上來說，就算是秦國必勝，今日悔約的自己必須承受他日秦之怒火，這一次自己也得悔約不可，因為他是別無選擇了！可現在幸運的是，眼前這個楚使居然如此鎮定自如地說出秦人會無功而返，而且還說，他日秦國如有遷怒，楚國願意保護自己。若果如此，真是無盡之喜。

在房中轉了幾個圈後，韓侯唰地回過身來，再次衝著楚尚深深一揖，說道：「願與君約！」

孫樂哈哈一笑，朗聲說道：「善！」

當下，雙方同時大笑幾聲後擊掌為誓，舉杯同飲，滿室皆歡。

孫樂出來時，陳立和另一個劍師正雙眼灼亮地看著她。孫樂衝著兩人一笑，轉身向外走出。

孫樂剛上馬車，便對著陳立兩人說道：「回去之後馬上準備，城門一開便離開韓國。」

陳立兩人都是一怔。

陳立皺眉道：「有何不妥？」

孫樂看著馬車外騰騰燃燒的火把光，黑幽的明眸在火光中晶光閃動，輕輕說道：「相國公仲移勢力強橫，耳目靈敏，恐夜長夢多。」

陳立兩人凜然應道：「喏。」

幸好隊伍簡裝易行，眾人得到孫樂的吩咐後略作準備，第二天天一亮便悄無聲息地離開了平陽城。

直到她離開一天後，公仲移才聽到了這麼回事，當他派人前來攔截楚使時，楚使早已遠離。

官道漫漫，兩百人的車隊行走在薄霧裡，安靜無聲中，只有馬車的滾動聲不時打破天地間的平靜。

當然，打破天地間平靜的，還有那啾啾歡鳴的鳥兒。

申先等楚人對著孫樂的馬車看了許久，相互使了一個眼色後，申先率馬靠近。

「田公！」

「嗯？」

「田公胸藏百萬雄兵，如此大才世所罕有。申先不才，敢問公一事。笑傲天下，戲弄諸侯於股掌之中，是何等痛快暢意，為何公念念不忘棄世而去，守著那青山薄田過日？」

他這是問孫樂為什麼不喜歡這種縱橫家痛快暢意的生活，反而嚮往那種無趣的隱居生涯了。他這個問題是代弱王問出的啊！

馬車晃動，車簾裡面的人久久沒有回答。

也不知過了多久，直到申先失望地準備轉頭撤身時，孫樂才幽幽地說道——

「孫樂並非丈夫，自然無丈夫之志。」

她的聲音很輕、很淡，聲音一吹入風中便飄散開去。

申先怔怔地望著馬車，良久長嘆道：「憾哉！」

車隊轉向魏國駛去。

第三十五章　妙計亂秦解重圍

一個月不到，車隊便進入了魏國境內。

望著兩側荒蕪的大量原野，申先冷哼道：「這些魏人，重劍客而輕農事，境內處處可見馬匪，丈夫以殺人為榮，如此國家定不能國運長久。」

他感嘆到這裡，轉向孫樂的馬車問道：「田公以為然否？」

孫樂清雅的聲音從車內傳出——

「任何事情，都不是一時一代之功。如代代魏侯如此行事，自是國運不可長久。」

這些劍師劍客的，平素沒事的時候還是喜歡騎著馬的，孫樂的聲音不小，他們又都圍在附近，當下聽得一清二楚。

眾人連連點頭，申先一邊大點其頭，一邊嘆道：「田公當真見識過人！唉，如此大才，竟不能為我楚國所用乎？」

孫樂苦笑起來，這陣子老是這樣，以申先為首的楚人對她是百般勸導，一副她不答應留在楚國便不罷休的架式。

孫樂垂下眼瞼，沒有回應申先這句感慨。

馬車繼續向前駛去。

魏國的都城是鄴，車隊如以往一樣，安靜無聲地駛入了鄴都。

孫樂還是那樣，一方面派人找到魏大夫伯略，約與魏侯一見，一方面則在魏都四處遊蕩，尋得一中意的院落便購買下來。

孫樂每次購得院落後，便會派一個一直追隨自己的、劍術普通的劍客留在那院落裡打理諸事。而且，自始至終，她購買院落的行為除了陳立外，便只她所指派留下的劍客知曉。

魏大夫伯略是個很會討好主子的小人，在得了孫樂給予的十金後，他很快便安排了孫樂與魏侯的相見。

這一次，孫樂依然是以楚使的身分面見魏侯。

對這些國君而言，楚國雖然是必敗無疑，可他們還是不會完全得罪楚人，絕自己的後路，因此孫樂每次求見都還是很順利。

洗沐之後，孫樂依然扮成臉孔蒼白清秀、雙眼狹長發亮的青年賢士狀，坐在馬車上和陳立等人向魏宮駛進。

與吳、韓兩國一樣，魏侯召見孫樂的地方亦是一偏殿。馬車悄無聲息地駛入，再悄無聲息地停下。

孫樂出現在魏侯面前時，他正頭戴王冠，身穿王侯袍服，挺著大肚子坐在榻上等著孫樂的到來。

「臣楚人楚尚見過大王！」

「請坐！」

「謝大王！」

孫樂施施然地在魏侯對面的榻几上落坐，她一坐好，魏侯便身子前傾，一雙渾濁的黃眼一瞬也不瞬地盯著孫樂的臉。

他盯得如此認真，直是目光如炬，威煞逼人。

要是孫樂是尋常女兒，也許還會有所不自在，可她實是見過了大場面，當下也抬起頭去，雙眼炯炯地與魏侯對視。

四目相對！

四目炯炯地相對！

魏侯慢慢地、慢慢地瞇起了雙眼，他見楚尚始終不顯慌亂之色，嘴一咧，露出一口微黃的牙齒大笑起來。「楚使好大的膽子！」哈哈大笑中，魏侯拊掌樂道：「敢問貴使，此次楚國覆滅在即，不知足下準備用多少財帛求說於孤？」

魏侯大笑聲朗朗而出，久久不斷。

驀地，在他的大笑聲中，加上了一個清脆的笑聲。只見孫樂仰著頭，亦哈哈大笑起來。

她笑得很是歡快，一邊笑一邊挑眉樂道：「陛下言過矣！尚此次說魏，卻是不曾準備一金。」

魏侯不快了，他臉一沈，渾濁的雙眼瞬間布了一層殺機，那盯著孫樂的表情，彷彿是一頭噬物而食的老虎。

孫樂恍若沒有察覺到魏侯的不快，她兀自笑呵呵的，好不自在。

魏侯陰著眼睛盯視了楚尚一會兒後，冷冷地說道：「貴使一金也不曾準備？那孤倒是想聽一聽貴使有何話可說了。」

他說到這裡，「啪啪啪」地鼓起掌來。

掌聲中，一陣腳步聲和金鐵聲響起，轉眼間，大殿中多出了十幾個手持長劍的衛士，這些衛士個個森然而立，面無表情，劍鋒指向孫樂。

魏侯的身子朝後仰了仰，以一種居高臨下的姿勢看著楚尚，瞇著眼睛笑呵呵地說道：「如果貴使所說不合孤意，那孤就要無禮了！孤身邊衛士長劍正冷，正渴熱血相哺！」

「哈哈哈哈……」

孫樂再次仰頭大笑。

大笑聲中，她施施然地站了起來，負著雙手，仰著頭，笑吟吟地看著魏侯，漫不經心地說道：「尚此次前來，不但不曾備有一金，還想從陛下那裡借得百金而行呢！」

這話可真是囂張！

當下，魏侯臉上的肥肉一跳，瞇著的黃眼殺機畢現。

孫樂依然是笑意盈盈，只是這個時候，她的笑容中也添了一分冷意。只見她輕哼一聲，淡淡地說道：「陛下以為，尚是求陛下而來？」

難道不是？

魏侯瞇著雙眼盯著楚尚，等著他的後文。

孫樂負手在殿內走動起來，她一邊走，一邊輕笑著說道：「尚真不知陛下如此輕待於我，信心從何而來？」

她冷冷一笑，轉過身盯著魏侯，徐徐說道：「魏車不過一千五百乘，卒不過二十萬，天下諸國中，魏實弱國耳！」

孫樂的話既森且冷，毫不留情。

這個時候，魏侯瞇著的雙眼中除了殺機森森，還隱隱添了一分疑惑，他實在不明白，眼前這個楚使怎能如此傲慢無禮？難不成他真有所恃？

孫樂笑了笑，聲音清朗地說道：「尚思來想去，陛下所恃者，不過是與強秦結盟，以為滅我楚國在旦夕之間，然否？」

面對著楚尚咄咄而來的逼問，魏侯臉上的肥肉再次跳了跳，但是他沒有回答楚尚的問話，只那瞇瞇陰著的黃眼中，閃出一抹「你明知故問」的光芒。

孫樂負手踱到魏侯面前三公尺處站定，她懶洋洋地站著，微微側頭，目光上下打量著魏侯。在她的如此逼視下，魏侯殺機再起，就要暴起之時，孫樂冷冷地說道：「陛下當真以為，楚人必敗嗎？要是尚告知陛下，我楚人早有令秦軍自退之策，陛下作何想來？」

孫樂所說的話，顯然出乎魏侯的意料，只見他右頰的肥肉跳了一下後，驀地放聲大笑起來——

「哈哈哈……可笑！當真可笑！你楚人真有策令秦軍自退，又何必勸說於孤？」

再一次，他的笑聲未斷，孫樂也跟著大笑起來。

在清悅的大笑聲中，孫樂頭一低，笑聲戛然而止，冷冷言道：「陛下錯矣！尚此次來，非為勸說陛下。」

魏侯笑聲頓了頓，慢慢收回，這一次，他終於疑惑了，瞇了瞇眼，不解地說道：「你不是為楚人做說客，那何必來魏？」

孫樂淡淡地盯著魏侯，徐徐吐道：「尚為與陛下相約而來。」

「相約？當此之時，我魏與你楚國有何事需要相約？」

孫樂冷笑一聲，淡淡地說道：「吾王有令，可與陛下相約，他日秦兵自退之時，請魏人亦退。」在魏侯愕然睜大的雙眼中，孫樂繼續淡淡地說道：「如秦人沒有攻楚，魏人不得先秦而攻之。如違此約，一切後果皆由魏人承擔！」

楚尚說這話的時候，語氣實在太傲了，表情也太自信了。相比於他的語氣、他的表情，他所提出的這個條件又太過簡單。魏侯愣住了。

他錯愕地盯著楚尚，半晌才說道：「僅此而已？」

「僅此而已！」

魏侯皺起了眉頭，他慢慢地舉起几上的酒盅大飲了一口，再慢慢地把酒盅放在几上，又開口道：「孤不明白。」

孫樂冷冷地說道：「陛下無須明白。陛下盡可先秦而攻楚，秦兵退而陛下不退！我楚國自有三十萬精卒、無邊沃野、如山金帛等著陛下的光臨。言盡於此，尚告退了！」

說到這裡，孫樂雙手一叉，竟是轉過身便揚長而去。

直到楚尚的背影消失在魏侯的眼前，他緊皺的眉頭才慢慢放開，低喝道：「傳大夫伯略、大將軍慎夫、丞相靖郭前來。」

「喏！」太監轉身便走。

聽著太監跑出的腳步聲，魏侯突然喝道：「停下！」

太監腳步一煞，急急地回轉應道：「喏！」

魏侯揮了揮手，無力地說道：「去拿一百金送給楚使，請他前來再與孤一見。」

「喏！」

魏侯目送著太監離去的身影，暗暗想道：這楚國的相約，對我魏國實是有百利而無一害。也不知他們從哪裡來的這般自信？難不成，秦兵真會自退不成？

頓了頓，他又想道：楚國也是強國，實力遠勝於我，如果秦兵真會不攻自退，此次滅楚便是一個笑話。我與楚實力相差懸殊，萬萬不可得罪過甚。上次已與楚交惡，此次再交惡，必成死敵啊！不行，待會兒那楚使來了，孤得好好相待才是。

他本來陰狠剛愎的性子，此時越想楚尚的態度，越是覺得他太過自信，那種自信和強橫，實是令人不安啊！

孫樂一走出房中，便與陳立兩人會合一處。

一路上陳立兩人都有無數話想要詢問，可是這魏宮當中到處是太監、宮女，因此他們一直到上了馬車才詢問。

「田公，剛才殿內可是動了刀劍？我險些衝進去了，幸陳公相阻！」

「孫樂，此事成否？」

陳立的聲音中很沒有信心，他可是一直側耳傾聽的了，也明白孫樂最後是在沒有與魏侯約定的情況下衝出來的。

孫樂素手扯著車簾放下，在放下的那一瞬間，她回以兩人一笑。「事成矣！明日便可去秦！」

當天晚上，魏侯派人送來一百金給孫樂，在陳立等人驚愕的目光中，孫樂欣然收下後，再去魏王宮完成了約定。

由於雙方都不想驚動秦人，因此在孫樂密之囑咐下，隊伍第二天便離開了鄴城。

一出鄴城，孫樂便轉向楚國諸位劍客說道：「諸位，此間諸事已了，諸位可以回矣！」

「啊？」

眾楚人齊刷刷地回頭看向孫樂，一臉震驚和不解。

孫樂笑了笑，目光轉向申先等人。「我接下來所行之事需百倍慎密，諸位與我同行毫無益處。」頓了頓，她從懷中掏出一個密封好的銅盒遞給申先，說道：「你等速速回楚，把這東西交給弱王。」

她說到這裡，神秘地笑了笑，烏黑晶亮的眸子中露出狡黠的光芒。「想來諸國誓師之日將臨，務必把它親交陛下，慎之、密之。」

「喏！」

「去吧！」

申先急道：「田公，妳可是去秦，虎狼之地，這麼些人怎夠？」

孫樂搖頭笑道：「處於敵人的都城中，縱使人再多十倍也是無益，還不如少一些人行事。」

她說到這裡，揮了揮手，以不容拒絕的態度說道：「我意已決，不必多言！」

申先等人相互看了一眼，也覺得孫樂所言有理，她這次是去咸陽，到了那種地方，人越多還真是越容易被發現。再說了，孫樂又學了世所罕見的易容之術。

申先點了點頭，向孫樂叉手道：「田公保重！」

眾楚人齊刷刷地一叉手，朗聲道：「田公保重！」

孫樂令陳立拿出一百金給申先等人，叉手道：「諸位保重！切記，那銅盒除弱王外，不可落入他人之手！」

「喏！」

直到眾楚人去得遠了，孫樂才低低地嘆息一聲，怔怔地望著他們消失的方向良久，輕聲說道：「走吧。」

「喏！」

這時候，孫樂身邊的劍客、劍師，已不過三、四十人了。這三四十人盡是她與姬五的食客，可以說，一起出使的楚人只有兩個精通秦事的賢士在了。

馬車一啟動，孫樂便吩咐道：「從今日起，我的名字不叫楚尚，而是叫宋成，切記了！」

陳立等人雖然不明白孫樂怎麼又換名字了，不過想到她為人謹慎，這樣做定有深意，也不多說，一一點頭應諾。

孫樂又對陳立說道：「陳公雖為劍師，亦是世人矚目之人，最好易容後戴上斗笠。」

陳立點頭應是。

孫樂給陳立簡單地易過容後，馬車開始上路。滾滾煙塵中，向著位於魏國西部的秦國駛去。

魏與秦是鄰國，孫樂等人快馬加鞭，不用一個月便來到了咸陽。

孫樂前腳剛到咸陽，後腳贏十三便誓師出征，可令他震怒的是，誓師時，韓侯居然臨陣反悔，找盡藉口不欲發卒。贏十三雖然不稀罕他那一點兵力，可是一來五國聯盟說得好好的，在出征前韓國卻臨陣脫逃，實在不太吉利，二來他隱隱地感覺到了不安。

他安插在吳國的人說孫樂到過吳國，說過吳侯，雖然吳侯並沒有因此悔約……難不成，楚人也到了韓國，還說動了韓侯？

哼，現在抽不出身來，待大勝之後再跟韓人清算一番！

贏十三又想道：那時真應該殺了她！

他剛想到陰狠處，眼前便浮現出孫樂那溫婉美麗的面容，不知為什麼，心底又浮現出一些不捨。這樣的女人，足堪為我的妻室啊！可惜，真是可惜！罷了，大丈夫行事應當斷則斷，下次如有機會，一定要取了她的性命去！

在知道贏十三剛剛誓師出征後，孫樂大大地鬆了一口氣。

她雖然易了容，可一想到贏十三的精明便有點懼怕。現在他不在咸陽，那就沒有什麼好在意的了。

孫樂等人足足在咸陽城中待了七、八天了，這七、八天中，孫樂便是和陳立坐在馬車中滿街閒逛。她既不像以前在吳魏一樣，一落腳便派人前去聯繫其國國君，臉上也沒有半分緊張不安之色。

可是諸國已誓師出征，八十多萬大軍眼見就要抵達楚境了啊！

為什麼孫樂卻總是不緊張呢？

陳立等人都是無比的疑惑，不過他們再疑惑也不去詢問。因為她如果不想說時，問了也照樣不說的。

時間在疑惑和不安中一天天過去，轉眼間，孫樂等人抵達咸陽城已有二十來日了。

這時，聯軍已經會合，不到半個月便可抵達楚國邊境，與楚軍正面相遇了！

這一天，孫樂終於叫來一個精通秦事的人，要求他聯繫好秦四王子嬴昭。

「殿下何事發笑？」

一個留著三綹長鬚的俊朗中年人疑惑地向旁邊的四王子嬴昭問道。四殿下長相清秀，一雙眼睛看人時總是溫和無比。在秦國內，他以孝順仁慈而著稱，甚得秦侯寵愛，父老愛戴。

不過中年人知道，四殿下縱使在秦侯和秦王后面前總是言笑晏晏，可私下相處時卻暴躁至極。當然，每個人都知道，他之所以如此暴躁，實是因為十三殿下給了他太大的壓力和威脅啊！十三殿下文武兼備，行事果斷，有愛才和大度之名，深得軍心啊！

這麼一個總是暴躁不安的四殿下，突然之間如此開懷，實是令中年人好奇不已。

嬴昭抬起頭來，眯著眼睛看著日出的方向，笑了一聲後，向中年人回答道：「楚使求見於我，故此發笑。」

「楚使求見殿下？」中年人大驚，他愕然地瞪大雙眼，失聲道：「這楚使好大的膽子！這個時候居然敢到秦國來，還敢求見殿下？他就不怕殿下把他亂棍打出，顏面盡失嗎？」

嬴昭聞言又笑了笑，他大步向馬車走去，在跳上馬車的時候，低聲喝道：「去悅英樓！」喝完後，他靠著車壁，慢條斯理地坐下。

緊隨其後也跳上馬車的中年人詫異地說道：「殿下，為何這馬車沒有殿下的標誌？」中年人剛說到這裡，馬上醒悟過來，急急地壓低聲音，問道：「殿下可是去會楚使？」

嬴昭笑了笑，撫著自己下巴上的短短鬍鬚說道：「不錯，我正要一見楚使。」

他回過頭來，對著一臉疑惑的中年人冷冷說道：「樓叔，那楚人向我求見時，說的是他有一策，能令我如願以償，因此我才願意一見。」

樓叔聞言大震，他作為一個大劍師，同時也是嬴昭的心腹，自是明白這位殿下的願望是什麼了。這些年來他都為這個願望煎熬著，眼見隨著時日流去，那願望卻是越來越渺茫了。可就在這個時候，楚使居然說出這樣的話來！

樓叔皺眉道：「他乃楚使，能有何策？」

嬴昭搖頭道：「我亦不知，不過那人說得極為肯定，他還說，此策是田公孫樂想出。」

「田公孫樂?!」樓叔失聲叫道。

「對，就是那田公孫樂！她雖是婦人之身，平生所行之事卻從不有失，可謂算無遺策！那人既然說得信誓旦旦，又點明是此婦所出之策，我倒真是好奇了。」

樓叔連連點頭，他也是久聞田公孫樂之名的。

這半年來，隨著趙國十萬大軍因她葬送一事傳出後，田公孫樂之名再次達到了一個高度。許多有識之士認真地把此女所作所為蒐集了一下，他們震驚地發現，那田公孫樂從出現在世人面前以來，所言必中，所謀必成！可以說，她所做的大事雖然不多，可那成功度卻是十成十。

再者，在嬴昭蒐集的資料中顯示，他的十三弟可是一直對這個婦人頗忌憚啊！所有這種種，令得他對今日與楚使的會面多了一分期待和興奮來。

樓叔眉心一跳，突然說道：「那楚使，可是田公孫樂本人？」

嬴昭搖了搖頭，說道：「是個叫宋成的無名小卒。」說到這裡，他輕哼一聲。「要不是衝著田公孫樂之名，這等無名小卒，我才不會前去一見呢！」

他說到這裡，轉頭對樓叔說道：「樓叔注意一下外面，那楚使再三令我密之，可不能讓外人跟蹤了我。」

「喏。」

樓叔應諾後，頭一伸，專注地打量起四周的情形來。

馬車不緊不慢地前行，不一會兒工夫便來到了與楚使相約的悅英樓。

這悅英樓是四王子贏昭最喜歡來的酒樓之一，這樓是木樓，共三層，有別於咸陽城其他的粗糙建築，它精緻得宛如齊、趙之地的酒樓。

它的位置很好，立於春雁湖畔，臨水而建。

倚在悅英樓三樓之上，於春夏之日欣賞著湖水蕩漾，喝著碧玉清泉酒，那可是人生之一大享受啊！

贏昭和樓叔一下馬車，悅英樓中的夥計便跑了出來，牽過他們的馬車去。

兩人大步走上臺階。

剛進大殿，一個白淨清秀的三十來歲賢士便走了過來，他也不說話，只是右手朝樓上一揚。

贏昭盯了這人一眼，也沒有責怪他的無禮。事實上，在這種人來人往的酒樓處，禮多了可是容易引起懷疑的。

贏昭和樓叔緊跟在來人身後向二樓走去。

到了二樓，那賢士不停，繼續向三樓走去。

三樓只有一層，迎江一面全是鏤空的窗戶。

贏昭一走上，便看到了坐在榻几上的那個年輕楚使。此人約二十三、四歲，臉孔蒼白清秀，雙眼狹長發亮。他在聽到贏昭的腳步聲時，應聲而起，轉過頭來，雙眼炯亮、臉帶微笑地看著嬴昭。

他的微笑，乾淨如泉水，自信至極，彷彿是春日流淌在陽光下的溪流，讓人一見便是心中一清。嬴昭對他打量了幾眼後，突然有一種感覺——眼前之人很是不俗，也許真有幾分才氣。

嬴昭在上樓之時還對這個名不見經傳的楚使宋成存了兩分輕視，現在只是見了他一眼，便自然而然地起了敬意。

他不知道，令他起了敬意的可是孫樂的氣質，是她久經大場面歷練出來的磊落自信、從容不迫的風儀神韻。這種刻於骨子裡的東西，不管面目如何易容改變，卻總能在經意、不經意間顯露出來。

孫樂看到嬴昭走上來，連忙上前一步，叉手一禮，朗聲笑道：「楚人宋成見過王太子！」

王太子？

嬴昭眼睛一瞇，清秀溫厚的臉上迅速地閃過一抹滿足來。

他收起滿足，對著面前笑得極為可親的宋成叉手道：「宋子言重了，嬴昭不過只是秦侯四子而已。」

孫樂哈哈一笑，和嬴昭分主客坐好。她提起酒壺，一邊給嬴昭倒酒，一邊笑道：「秦侯之位遲早屬於王太子，殿下又何必過謙？」

嬴昭笑了笑，他溫和地看著宋成，慢慢地舉起几上的酒水品著。

他這酒水喝得甚慢，直是一口一口地抿著，神情十分鎮靜，彷彿等著孫樂說下去。

可是，孫樂只說了這麼一句後，仰頭把自己杯中的酒一飲而盡，便轉過話題笑道：「久聞中原之地繁華，成首次來此，當真是感慨不已啊！」

孫樂嘖嘖幾聲後，舉起酒杯朝嬴昭晃了晃，笑咪咪地說道：「秦地當真是人傑地靈，怪不得出了殿下這般的人傑。」

她閉口不提王太子的事，令得嬴昭隱隱有點不快。不過這不快他轉眼便掩藏住，好整以暇地把杯中酒水也一飲而盡，呵呵笑道：「我中原之地乃龍走鳳飛之處，自是人才輩出。」

他說到這裡，溫厚地看著宋成，笑道：「恕昭愚昧，竟是不曾聽過宋子之名。敢問子有何能，令得楚王如此看重？」

他竟是一轉眼便對她進行反擊了！孫樂在心中暗暗叫好。

眼前這個嬴昭雖然在天下間的名聲遠不如嬴秋那般大，現在看起來也不是普通人。他這句話是在質疑自己的身分和資格，逼著自己不安之下向他亮牌啊！

當下，孫樂哈哈一笑，雙手一拊，讚嘆道：「殿下所言不虛，成確是無名小卒！」她說到這裡，見嬴昭臉露詫異之色，又是哈哈一笑，再次嘆道：「殿下果是人傑！」

說完這句話後，孫樂露出一個滿意的笑容來。笑過之後，她目光轉向樓叔。

看到他看向樓叔，嬴昭在旁接口道：「樓叔是我心腹。」

他的意思是說——你可以開口了！

孫樂笑了笑，目光從樓叔身上移開，轉向贏昭，舉壺再為他把酒杯滿上後，徐徐地說道：「成從楚地來，早在來之前便聽人說過，秦侯有數子，最寵者殿下也，而最得軍心者，卻是十三殿下。」

贏昭一聽到「十三殿下」的字眼，臉上便浮出一抹冷色。

孫樂笑了笑，繼續說道：「秦共有精兵四十萬，車兩千乘。這一次秦與三國聯軍攻楚，十三殿下所率者，便是精兵三十五萬，車一千六百乘，可謂傾一國之精銳而出。」

贏昭聽到這裡，端起杯中的酒水抿了幾口，神情自如地作耐心傾聽狀。

孫樂道：「贏十三殿下得盡軍心，深受父老愛戴，這一年來，更在秦侯面前百般奉承，深得秦侯信任。」

孫樂雙眼炯炯地看著贏昭，身子微傾，沈聲說道：「敢問殿下可否想過，他日十三殿下大勝回歸，挾國之精銳，要求秦侯立他為王太子時，殿下將如何自處？」

宋成話音一落，贏昭清秀溫厚的臉色即白了白，強笑道：「十三弟好名，他不會如此做來。」

他說得肯定，可語氣卻有點虛，顯然心中也沒有底。

孫樂笑了笑，淡淡地說道：「不錯，十三殿下所圖者，不是秦侯之位，而是逐鹿中原，成萬世基業，他是不會如此做來。」

孫樂的「逐鹿中原，成萬世基業」幾字一出，贏昭便微不可見地嘴唇一抿。

孫樂長嘆道：「如十三殿下這樣的人，他不會強迫秦侯封他為王太子。他只會把那三十五萬精兵牢牢握在手心。只要兵權在握，就算是秦侯對他說話時，也會小心三分。如他要處置什麼人，秦侯忌憚於他，怕也會聽從一二。」

至於這個「什麼人」，自然便是贏昭了，這一點在場的每一個人都聽得出來。

在贏昭有點發白的臉色中，孫樂冷冷地說道：「只要兵權在握，贏十三想當王太子，那只是一句話而已！成不知，十三殿下成為秦侯之時，將會如何安置殿下？」

至此，贏昭臉色大變！

宋成點醒了他一個沒有重視過的問題，那就是兵權的重要性。以前贏十三雖然統領十萬精銳的虎威軍，可是他贏昭也不差，手中的兵力也有近五、六萬，而且還深得父侯歡心。

這一次，贏十三手中所有的可是秦國全部的精銳，不只是他自己手中的，連父侯手中的兵卒也都在贏十三的掌控當中。

他一直與自己作對，兄弟之間勢同水火，無法共存。現在他又手擁重兵，而自己卻是毫無反抗之力。他不管是想當王太子、想當秦侯，或是想取自己的性命，連父侯在內根本無人可擋啊！這、這……自己怎麼就糊塗了？居然讓他順利地得到了全國精銳，讓自己落到了如此被動的境地！

贏昭與贏秋對抗多年，一直知道他對兵權是如何的看重。這三十幾萬精兵入了他的手，那是不可能吐出來了，絕對不可能吐出來了！

嬴昭從來沒有這麼後悔過！自己也看重兵權，可愣是沒有明白這兵權如此重要，竟然事關他自己的生死和前程！

這個時候，嬴昭完全明白了，嬴秋之所以挑起這次戰爭，為秦稱霸是其一，最重要的是，他要藉這個機會把兵權全部抓到手中啊！看來，他與自己爭了這麼多年，不耐煩了，他要對自己下手了。他大勝回歸之時，便是自己走投無路之時！可笑的是，要不是楚使點醒，自己只怕臨死也還處於懵懂當中。

嬴昭越想越是心中惶惶，越是不安至極！他白著臉，不知不覺中已汗流浹背。不只是他，連一旁的樓叔也是臉色如土。

忽然，嬴昭記起了自己來這裡的目的。當下，他從榻上直起身來，朝著宋成深深一揖，沈聲道：「昭無知，幸得先生點醒，還請先生救我！」

話音一落，他又是深深一禮。

孫樂連忙站了起來，還了一禮，清聲說道：「殿下何必多禮？成本為此事而來，自是知無不言。」

嬴昭連連點頭，他得到了孫樂的承諾，心頭便是一鬆。

他清秀的臉上擠出一個笑容後，伸袖拭了拭額頭上的汗水，再次坐下。

孫樂提起酒壺，給嬴昭和自己再斟了一杯酒。

「殿下，請飲！」

「飲！」

兩人同時仰頭喝下杯中的酒後，孫樂把酒杯放下，抬頭看著嬴昭，徐徐說道：「田公只有一策——先下手為強。」

「先下手為強？」嬴昭不解地問道：「何意？」

孫樂笑了笑，瞇著眼睛說道：「如今嬴十三大軍在外，無暇顧及咸陽城中。殿下只需在此時成為秦侯，他就算大勝而歸，屆時也是殿下的臣子。為君者要臣子放下兵符、束手待擒，他還敢有二話不成？」

嬴昭怔怔地看著宋成，半晌後苦笑道：「可是父侯那裡，他春秋正盛，又怎會在此時把王位交付於我？」

他說到這裡，身子一傾，雙手握上宋成的雙手，連聲說道：「先生大才，還請教我！」

「不敢！」

孫樂抽回雙手，連人帶榻向後移了移，低頭叉手道：「田公言已盡，成非足智多謀之士，愧對殿下厚愛。」

孫樂說到這裡，頭一直低著，久久都沒有抬起來。

嬴昭失望地望著他，半晌後他咂了咂嘴，喃喃說道：「當真無策乎？」

「不敢有瞞殿下。」

嬴昭沈默了，孫樂也沈默了，整個三樓變得安靜至極。

也不知過了多久，嬴昭長嘆一聲。「既如此，我們回吧。」說罷，他扶著几，慢慢站了起來。

嬴昭的精神狀態很不好，站起時身子還晃了晃，險些摔倒。

樓叔連忙上前一步，搶先扶著他的胳膊向樓梯走去。

他們剛一轉身，孫樂便向一旁候著的陳立使了一個眼色。

陳立見狀，連忙上前一步，不解地問道：「宋子，我觀嬴十三亦是磊落君子，四殿下是他親兄弟，他難道真會下毒手不成？」

陳立的聲音偏小，狀似在悄聲詢問。不過樓叔和嬴昭剛轉身，離兩人很近，自是聽得一清二楚。

嬴昭聽得陳立的「親兄弟」三字時，嘴角向上一揚，清秀的臉上浮出一抹嘲諷和冷笑，還有恨意。

正在這時，他的身後傳來宋成的輕嘆聲——

「有所謂『無毒不丈夫』，嬴十三乃成大事之人，哪需要顧及這等親情？有朝一日他成為天下共主之時，誰人會記得他以前的過錯？竊鉤者誅，竊國者侯，自古皆然！」

孫樂的嘆息聲很輕，語氣也很隨意。可是，她那句「無毒不丈夫」和「竊鉤者誅，竊國者侯」一入耳，嬴昭便是身子一僵，心中一凜！

樓叔正在扶持著他前行，見他突然僵住了，不由得奇怪地轉頭看向嬴昭。

這一轉頭，樓叔赫然發現嬴昭清秀的臉一陣紅、一陣青，隱隱還有咬牙切齒之相，不由得大驚。

就在樓叔準備發問時，嬴昭迅速地收拾好表情，甩開樓叔的扶持，大步向樓下走去。

「蹬蹬蹬」的腳步聲越來越遠、越來越遠，直到他們的馬車離開酒樓老遠，陳立才轉頭對著孫樂嘆道：「『無毒不丈夫』和『竊鈎者誅，竊國者侯』？這兩句話太過駭人，田公是從何得知的？」

他也不待孫樂回答，逕自喃喃重複了這兩句話幾遍後，望著孫樂感慨地說道：「田公大才，竟是深不可測！」

這是陳立第一次露骨地誇獎孫樂。

孫樂微微一笑，不置可否。

陳立又看了一眼嬴昭遠去的馬車一眼，問道：「也不知此子剛才想到了什麼，竟是如此受震動？」

孫樂不答。

陳立又喃喃說道：「難道這樣便能令秦兵自退？」

孫樂也不答。她只是低斂著眉眼，沈聲說道：「走吧。」

「喏。」

「通知下去，馬上啟程，一個時辰內需離開咸陽城！」
「為何如此著急？」陳立不解地問道。
孫樂笑了笑，很是悠然地說道：「雖然我的話說得夠隱晦了，可是還得防備被人滅口啊！」
她一句話說完，轉身就走，見陳立半天都不跟上，不由得轉頭對著一臉怔忡疑惑的陳立笑道：「走吧！逃命要緊！」
「喏！」
嬴昭坐上馬車後，臉色放鬆了少許，那溫和的眼神也恢復了平靜。可是以樓叔對他的熟悉，一眼便可以注意到，他的嘴唇抿成了緊緊的一線，從這個小動作看來，四殿下一直處於極度的激動當中。
嬴昭確實激動著，那宋成最後說出的「無毒不丈夫」和「竊鈎者誅，竊國者侯」的話，像閃電一樣擊中了他的心臟。不，不止是這一句！還有那句「有朝一日他成為天下共主之時，誰人會記得他以前的過錯」，同樣也直中他的心臟深處。
這一番話，清楚地提醒了他，那一瞬間，他的腦海中浮出了一個可怕的瘋狂計劃。那樣的計劃要是在往常，他是想也不敢想，不但不敢想，幾乎是不敢夢！可是現在，那計劃便如附骨之蛆，在他的腦海中久久盤旋不去。而且越想越覺得那是唯一的，也是可行的法子。

生還是死，就在一念之間！

現在的他，已別無退路！

贏昭的嘴唇越抿越緊，越抿越緊，漸漸地，他平和溫厚的臉上閃過一抹戾色，這戾色如此陰狠，使得他整張臉都扭曲了起來……

樓叔緊張的叫聲傳來——

「四殿下！你怎麼啦？怎地臉色如此不好？」

樓叔的聲音一入耳，贏昭迅速地壓住激烈跳動的心臟，沙啞地說道：「我沒事。」他說到這裡，一個念頭突然一閃而過——

樓叔一直跟著我，他也聽到了那席話，到了那時候，他會不會由此想到了是我所為？不行，他不能留！不只是他，還有那個什麼楚人！他那話是什麼意思？為什麼遲不說、早不說，偏在我離開的時候說了？而且句句細思起來，分明就是有意而為。對，他一定是有意的，他是在告訴我如何行事。這種事如此陰私，待事發時那楚人如果多嘴，我豈不是後患無窮？不行，那些楚人也留不得！

贏昭想到這裡，心中殺機已盛。他又想道：我記得這夥楚使只有幾十人，裡面也沒有名氣響亮的人物，這樣的一批人，死在哪裡也不會起眼。

他想到這裡，半瞇的眼中閃過一抹陰毒，這陰毒轉眼即逝，當他再睜開眼時，已依然是一臉的溫厚平和。

嬴昭主意已定，卻顧及著樓叔而不能馬上下令，只能等著馬車慢騰騰地晃悠到府第，再支走樓叔。

經過再次的細思後，他終於下了一連串的指令。

「什麼？那些楚人在一刻鐘前離開了咸陽城?!」

嬴昭不敢置信地盯著跪在身前的劍師首領，嘴唇抿得緊緊的，清秀的臉上閃過一抹戾色後，冷冷地說道：「好快的手腳！宋成、宋成……他當真是無名小卒嗎？」

恨恨地說到這裡，嬴昭突然想道：會不會那宋成便是田公孫樂？不，不會，那孫樂不過是一婦人，她不會如此膽大包天。

伏在地上的劍師久久沒有等到嬴昭的怒喝聲，黑瘦的臉越來越白、越來越白。半晌後，他小心地抬頭看了一眼嬴昭，低聲說道：「殿下，要不要派人出城追擊？」

「出城有個屁用?!」嬴昭被這人的一句話又激起了沖天怒火，他砰地一腳，重重地把劍師踢得仰翻在地。

他沒有注意到，這劍師挨了他一腳後，反而露出了如釋重負的表情。

「廢物！真是一群廢物！哼，那宋成把我的行為估計得如此精準，你們追出城也殺不了他了！」何況還會驚動到十三！「滾！滾！」

嬴昭即使是怒喝，聲音也是刻意地壓低。

他這「滾」字一說出，劍師連忙應道：「喏，喏！」他一邊應諾，一邊向外奔去。
這劍師才跑到門口，嬴昭的喝聲再次傳來——
「回來！」
「喏！」
「他們是跑了，有一個人卻沒有跑。過來一點，我有件萬分隱密之事交代於你。」
「喏！」

孫樂天生謹慎，別說是嬴昭沒有派人出城追擊，就算派了人也追她不到，因為她再次給自己換了一個妝，變成了一個其貌不揚的普通貴女。
三十人的車隊，要到哪裡都是無比的方便。孫樂一出咸陽城的勢力範圍，便叫停緊趕急趕的眾人。
「田公？」兩個應令而來的楚人叫道。
他們已是隊伍中僅剩的楚人了，剛才孫樂把車隊停下後便叫他們過來。可他們過來了，孫樂卻只是怔怔地望著東南方向出神，久久都不說一句話。
「田公？」兩人再次小心地喊道。
孫樂長長的睫毛搧了搧，目光慢慢從東南方向移開，轉到了兩人身上。
她靜靜地望著兩人，如秋水般的雙眸中浮出一縷淡淡的、說不出是憂傷還是悲涼的情緒。

在孫樂這樣的目光注視下，兩個楚人更手足無措了。他們也是賢士，也是見多識廣之人，可這個時候只覺得田公孫樂顯得很是古怪，她的眼神中彷彿有著無盡失落，有著無盡不捨。

孫樂搧了搧長長的睫毛，低聲說道：「此次諸事已了，我有一書交給你倆帶給楚王。」

兩個楚人相互看了一眼，同時說道：「田公不隨我等回楚乎？」

孫樂搖了搖頭，在兩個楚人有點不安的神色中，她笑了笑，低眉斂目地說道：「戰爭剛起，我還得留在這裡居中策應。」

她這麼一說，兩個楚人便說不出話來了。基本上，他們雖然一路跟隨孫樂而來，卻壓根兒沒有弄清她此行到底做了些什麼事。除了韓國因她的一席話沒有參加聯軍外，孫樂其餘的行動他們是一點也不明白。

因為不明白，他們雖感覺到孫樂這句「居中策應」的話不盡不實，卻也無法反駁。

孫樂不再多言，返身從馬車中拿出另一個銅盒交給兩人，低聲說道：「請把此物面交楚王。」

「喏！」

左邊的楚人凜然應道：「一定面呈陛下！」

右邊的楚人也說道：「誓死也不會把它落入敵手！」

兩人言語鏗鏘，沈而有力。

孫樂卻是勉強一笑，低低地說道：「這，也沒有那麼打緊……」她的聲音真的很低、很低，不仔細聽幾乎聽不到。

兩個楚人只見她嘴唇嚅動，當下認真地側耳傾聽著。

孫樂瞟了兩人一眼，聲音略略提高。「就這樣了，去吧。」

兩人略一遲疑，才凜然應道：「喏！」

給兩人準備了幾十金後，孫樂等人目送著他們的馬車漸駛漸遠，漸駛漸遠……

陳立見孫樂一直呆呆地對著東南楚國的方向默不作聲，便策馬向她靠近，低聲問道：「田公，下面欲往何處？」

「欲往何處？」孫樂喃喃重複了一遍。她慢慢抬起頭來看著陳立，直看了一會兒才清醒過來，斷然說道：「就留在秦、魏之境，待此戰了結後再說。」

「喏！」

朗聲應諾後，陳立嘿嘿一笑，策馬向孫樂的馬車湊了湊，一臉諂媚地說道：「孫樂，妳究竟是如何安排的？為何我一點也沒有看明白？」

孫樂轉過頭來衝他一笑，回了一句。「日後自知。」

她聲音一落，陳立清秀的臉便是一黑。

在孫樂等人離開咸陽的時候，四國聯軍也正式抵達了楚國邊境。

八十來萬大軍在離郢僅有三百里遠的平原上，一字擺開了陣勢，等候著楚軍的到來。

這平原是經過楚軍允許，雙方精選的戰場。地方開闊，一望無垠盡是平原，正可杜絕楚軍再次使詐。

嬴十三端坐在營帳中，修長的手指正溫柔地撫過琴弦，他的動作極輕、極柔，手指拔動處，一串悠揚悅耳的琴聲便在夜空中響起。

琴聲傳蕩，傳蕩，它是那麼的悠遠。可這悠遠的琴聲，混合在馬鬧人喧聲中，卻一點也不顯眼了。

這時正是夜間，四國聯軍的營地上燃燒著無數的火把，這些火把如此之多，光亮如此之豔，直把夜空照得恍如白晝。

正當嬴十三低斂著俊雅的眉目，靜靜地沈浸在琴聲的世界中時，一陣急促的腳步聲傳來，那腳步聲在帳外戛然而止。緊接著，一聲朗喝聲傳出——

「殿下！楚軍已發，五日後便可到達，與我一戰！」

直過了良久，嬴十三清雅的聲音才混在琴聲中傳出——

「善。」

腳步聲漸去。

又過了一會兒，一陣腳步聲再次傳來，這一次那人沒有停留，他直接掀開帳簾走了進來。

這是一個全身披銅掛甲的白臉漢子，他逕自走到贏十三後面，在軍卒的幫助下脫著盔甲。

銅甲很沈，直脫了半晌才脫下。白臉漢子晃了晃手，轉過身走到贏十三旁邊的榻几上坐下，自顧自地倒了一杯酒飲下後，鬱怒地喝道：「吳、魏兩國的匹夫當真無禮！居然敢對我說，除非秦兵先攻，否則他們絕不先上！哼，國家很小，這口氣倒是很橫！」

琴聲戛然而止，贏十三轉過臉來，墨黑的雙眼定定地落在白臉漢子的臉上，沈聲問道：「吳、魏兩國都是如此說來？那越國呢？」

白臉漢子提著酒盅便往嘴裡倒酒，汩汩的酒水流動聲中，一小半的黃酒順著他的鬍鬚一直流到喉結處，流到衣襟內。

一口把酒飲去一半，白臉漢子才伸袖拭去嘴邊的酒水，回道：「越人倒是識趣，答應了楚人一來便由他們率先發動攻擊。」

贏十三聞言點了點頭，他轉過頭，皺眉看著帳外閃爍的焰火，沈聲說道：「不知為何，這一次我這心總是七上八下地亂跳著，好似有什麼事被我忽略了一樣。」

他說到這裡，自己搖了搖頭，一邊給自己斟酒，一邊含笑道：「楚人傾全國之力，也不過是三十萬卒，我方盡是精銳，且三倍於它，我實是想不出此戰不勝的理由。蒙青，我們秦人稱霸天下，便是由此戰開始！哼，由著吳、魏小國去搪塞猶豫吧，惱了我，待我滅楚後反戈一擊，滅了他們去！」

五天後。

楚軍到達後，聯軍足足讓他們休整了兩個時辰，贏十三才揮動帥旗，號令八十萬兵卒向楚軍步步推進。

聯軍在迫近楚軍只有二十里時停下了。

漫無邊際的荒原上，兩隊百多萬軍卒整整齊齊地排成隊列，森然相望。

贏十三騎在高大的白馬上，一身盔甲，外披紅色披風，風獵獵吹過，拂起他的衣袍。這時刻，他俊雅的臉上帶著淡淡的笑，墨黑的雙眸晶光閃動，整個人散發出一種難以形容的銳氣，一種慷慨激昂的興奮。

他昂起頭，抬眼望著對面荒原上的楚軍，興奮地想道：就從這裡開始，一切就從這裡開始！天下諸子碌碌，只有這楚弱還有一點本事，只要我這一次滅了他，我大秦便再無敵手！我統一中原，稱霸天下指日可待！

他想到這裡，不由得深深地吸了一口氣，壓下胸口中那奔湧的激情。

這時，馬蹄聲響，蒙青策馬來到了贏十三的身後。

蒙青與贏十三一樣抬頭眺望著楚軍的陣營，眺著眺著，他突然說道：「這楚夷倒是知禮了。上次齊、魏、韓三國攻他時，他可是絲毫不按規則地把對方引到了田埂山陵區，這一次卻安靜地與我們在荒原中擺開陣勢？」

贏十三冷冷一笑，輕哧道：「他可從不曾安靜過！」說到這裡，贏十三長劍一指，點向楚軍後面的青山隱隱處，說道：「此去百里，只一方狹路！兩側盡是高山，出口狹而長，而且谷中雜草繁茂。楚軍只要退入其中，我等便束手無策，如我方無意中踏入，那是插翅難飛！」

贏十三說到這裡，哈哈笑道：「哈哈哈哈，那可是一進可攻、退可守的寶地啊！那楚弱與我們約定於此處作戰，真是用心險惡！可他小看了我贏秋，我偏要與他在這種地方作戰，偏不會如他心願地追擊於他。哼，陰謀狡計只可用於雙方勢力相等時，現我方實力是他三倍，這一次他縱百般算計也是死路一條。」

贏十三朗朗的笑聲遠遠傳出，眾軍被主帥這自信而張揚的笑聲所感，一個個轉頭向他看來。每一張臉上，都帶著興奮、激動。

只有吳侯和魏侯兩人默不作聲地看著這一切，目光中閃動著疑惑。不是說楚人有策令秦兵自退嗎？怎地明天就要正式攻擊了，還依然沒有半點動靜傳出？

「駕——」

贏十三厲喝一聲，腳跟一踢，突然策馬向楚軍方向急奔而去。

一眾主帥本來都安靜地站在山坡上觀看，此時他這麼急衝而出，不由得都嚇了一跳。

蒙青連連策馬跟上。

嬴十三胯下的本是萬中無一的良駒，此時全速而行，直是快如閃電。

蒙青連連踢著馬腹，大聲叫道：「殿下、殿下！快停下！快停下——」

他扯著嗓子嘶喊，可聲音剛一出口便化入了風中，迎風衝出的嬴十三也不知有沒有聽到？

馬行如電，轉眼間便衝出了十來里，轉眼間楚人的陣營清楚地出現在視野中。

「哈哈哈哈……」大笑聲中，嬴十三根本沒有減緩前衝的步伐。

隨著他急衝的身影，前方排成了陣列的楚人隱隱出現了躁動。

天啊，離楚人只有三里不到了！

蒙青心中又驚又亂，他嘶啞地吼道：「嬴秋，快快停下！你莫不是瘋了癲了？」

就在這時，嬴十三猛然扯住了奔馬，那馬因衝得太急，突然人立起來，「噓溜溜——」地發出一聲嘶鳴，倒退兩步才穩住身軀。

蒙青如狂風一樣衝到嬴十三的身邊，沙啞地叫道：「十三殿下！你怎麼如此——」他的話還沒有說完便啞住了，因為對面的楚軍在一陣躁動後，一個全副盔甲的青年王者出現在他們的視野中。

楚弱王出來了！

嬴秋一看到楚弱王，仰頭便是一陣狂笑，笑聲剛止，嬴十三便朗朗地叫道：「楚弱，你也是當世英雄，足可當秋的對手！可惜現在秋沒有這個心情與你慢慢地廝磨，這一次秋要勝之不武了！哈哈哈哈……憾哉！憾哉！」
他的叫聲中注入了內力，聲音給遠遠地傳蕩開來，一時間，楚人三軍盡皆得聞。
聲音一落，贏秋也不再多言，他朝著楚弱王意味深長地盯了幾眼，又是一陣大笑後，突然拔轉馬頭，向回衝去。
直到贏秋衝出老遠，蒙青才從怔忡中清醒過來，急急策馬跟了上去。漠漠荒原中，兩道人影如煙一樣一衝而來，轉眼又是一衝而回。
蒙青一直衝回了老遠，一直到與接應自己的劍客們會合了，還錯愕地看著贏十三。殿下如此急衝過去，便是為了跟楚弱說上那麼一句話嗎？
「陛下，這贏秋當真英雄也！」
文良的聲音從身後傳來，不只是他，弱王身後一眾楚人的眼神也都有了些微妙變化。這是個崇尚個人氣節的時代，本來他們對贏秋與諸國聯軍共同犯楚還有點不屑的，現在贏秋這麼一衝一喝，這些楚人便覺得這贏秋敢作敢當，不愧是個人物！
楚弱王淡淡一笑，不置可否，一雙厲目緊緊地盯著遠去的贏秋，暗中冷笑道：贏秋，縱你算計百出，這一次怕也是要落了空了。
雙方約定大戰的日期是第二天，今天只需看一看對方的陣勢，便可各自歇息了。
第二天辰時一到，雙方戰鼓「咚咚——咚咚」地響破天際，贏秋端坐在營帳中，連出去一觀的心思也沒有。

不一會兒工夫，蒙青掀開帳篷走了進來。

他衝著贏秋一叉手，朗聲道：「殿下，越軍已向楚人攻出！」

「善！」

贏秋朗朗一笑，提起酒壺給蒙青倒了一杯酒，笑道：「請飲！」

蒙青沒有應聲坐下，他望著贏秋，遲疑地問道：「殿下不欲一觀？」

贏秋哈哈一笑，搖頭道：「越人只是試攻，秋懶得前去。」

蒙青在他對面的榻上盤膝坐下，沈聲道：「楚人確實精銳，我觀那黑甲軍與我虎威軍實不相上下。吳、魏兩國都不願先攻，現越人攻了，如損耗過大，未免會埋怨殿下。」

贏秋嘴角一揚，漫不經心地笑道：「損耗過大？我巴不得他們全部埋屍於此！」他說到這裡，舉起酒杯一飲而盡，淡淡地說道：「可惜的是，吳、魏兩國過於狡猾，居然百般推拖，不敢先攻，令我不能借楚人之人除去他們。吳、魏既不出兵，越人就算出兵也必不會盡全力。你等著，越人這一衝擊只要略有受挫，就會撤兵求助於我。」

蒙青點了點頭，皺眉道：「這麼說來，屆時與楚人正面對戰的，還是我秦卒？」

贏秋仰頭喝下一杯酒，說道：「然。不過楚軍遠弱於我，此事不足為慮。我虎威軍只要衝亂了楚人陣營，吳、魏越便會信心大振，到那時，大勝已臨。」

蒙青肅然應道：「殿下算無遺策！」

嬴秋哈哈一笑。

正當他的大笑聲破空而出，遠遠傳揚的時候，一陣急促的腳步聲傳來，不一會兒，一個急喘的聲音自帳外響起——

「稟殿下，咸陽急報！」

咸陽急報？

嬴秋一怔。

蒙青也是一怔。

兩人面面相覷了一會兒後，嬴秋騰地站了起來，叫道：「進來一說！」

「喏！」

來的是個風塵僕僕、汗水在灰塵滿布的臉上衝出了三、四道印痕的麻衣劍客。

他一進來便單膝跪地，雙手托出一個竹簡，朗聲叫道：「殿下，事情有變！二十日前，陛下突然重病而亡，四殿下被群臣擁為王太子，聽說周天子敕封四殿下為秦侯的使者已向咸陽趕去！此是事件經過！」

「什麼？你說什麼?!」

嬴秋的臉色瞬間變得煞白，幾乎不敢相信自己的耳朵了。他腳步一跨，騰地向劍客衝出，卻因為衝得過急，重重地撞到了几上，踉蹌了一下。

嬴秋伸手急急地在另一個几上一撐，穩住身形。他渾然沒有注意到，自己這一撐，信手把那几上的酒菜碟盅全部劃落在地，「砰砰砰」地碎了一片。

他三步併作兩步地衝到劍客面前，右手一伸，揪著他的衣領，剛才還俊雅飛揚的臉上此時不但鐵青，還烏雲瀰漫，扭曲不已！

「你說什麼？再說一遍！聽到沒有？再說一遍！」

贏十三的厲喝聲震蕩著，從帳中遠遠地傳出。

隨著他這喝聲一出，一陣腳步聲從帳外傳來。

麻衣劍客被贏秋緊緊地揪著了衣領，一張臉脹得紫紅，哪裡還說得出話來？他張著嘴「啊啊」地叫著，捧著竹簡的雙手不斷地舞動著。

蒙青見狀，連忙上前一步，接過這人手中的竹簡說道：「殿下，這上面有詳細記載！」

贏秋青白扭曲的俊臉不時地跳動著，他咬牙切齒了一會兒，終於手指一鬆，放下了這劍客的衣領。

「啪」地一聲，那劍客向下摔去。

他身手倒是不錯，順著下落之勢，一個翻滾便爬了起來，小心地退後幾步，肅手站在帳篷角落裡。這麼大一個漢子，此時額頭上的冷汗直如雨水一樣涔涔而下。

贏秋似乎冷靜了不少，他緩慢地、有點顫抖地接過蒙青遞來的竹簡，一目十行地閱讀起來。

贏秋看這竹簡用了很長的時間，他一目十行地看了一遍後，又從頭一目十行地看了一遍，再放慢速度一字一字地看著。

他那俊雅從容的臉上，越來越扭曲，越來越難看，那時青時白、時而咬牙切齒的樣子，讓一旁的蒙青心驚肉跳的。

也不知過了多久，贏秋把竹簡合上，閉上了雙眼。

他閉著雙眼，久久一動也不動。

帳篷外的喧嚣聲、廝殺聲、吵鬧聲、馬鳴聲不絕於耳，可帳篷中卻靜得連呼吸聲也在壓抑著。

直過了一刻鐘，贏秋才慢慢睜開眼來。

他眼睛一睜開，表情便恢復了以往的鎮靜，只是那墨黑的雙眼如有烏雲瀰漫，讓人見之心驚。

蒙青只瞟了一眼，便迅速地低下頭去，不敢再抬頭。

好一會兒，贏秋開口了，他的聲音悶而澀，沈沈的。「這些事全發生在這二十天中？」

待在角落中的麻衣劍客小心地應道：「然。」

「我父侯是突然得了暴病而亡，大夫可有說了什麼話？」

「大夫也說不出來。」

「說不出來？」贏秋冷笑起來。他在帳篷中走來走去，嗤笑道：「父侯身體精壯，再活二十年也是無礙，一直無病無痛的，怎地會暴病而亡？」

他說到這裡，嗤笑起來，笑了兩聲後，又問道：「這麼說來，我父侯臨死時把王位傳給了四哥？」

「然！」

「何人可證？」

「有，有大夫子楚、丞相巫羅，還有——」

不等劍客的話說完，贏秋已揮手打斷了，森森笑道：「這些都是我四哥的人！我且問你，父侯遺命立我四哥為王太子時，支持我的大臣都在何處？」

那劍客小心地看了一眼贏秋，低聲說道：「都被禁於家中。」

「果然！」

贏秋重重地閉上眼睛，咬牙切齒地喃喃說道：「好狠毒！好生狠毒！他平素對我父侯母后是何等孝順恭敬？沒有想到居然敢下這等黑手！」

蒙青在旁邊直聽得膽戰心驚，他不敢置信地問道：「殿下的意思，大王並不是病死的，而是、而是……」這事太過駭人聽聞，他實是說不下去了。

贏秋盯了他一眼，冷冷地說道：「大周幾百年的天下，這種事也曾傳說過，用不著怕成這樣。」他說到這裡，重重地嘆了一口氣，喃喃說道：「可是，我真沒有想到，真沒有想到啊……」

那傳訊的劍客見贏秋久久沒有說話，壯著膽子報道：「我們的人發現，在大王病死之前，四殿下曾與楚使見過面。」

「什麼?!」贏秋駭然回頭，盯著麻衣劍客問道：「楚使？叫什麼名字？是男是女？」

「說是叫宋成，乃一丈夫。」

贏秋皺了皺眉頭，低聲說道：「宋成？不曾聽過。」

他咬了咬牙，又在帳篷內轉動起來。

他這一轉便是一個時辰，然後，贏秋坐在榻几上，低著頭一動也不動。

蒙青和那麻衣劍客面面相覷，一時不知如何是好。

正在這時，外面傳來急促的腳步聲，一個聲音朗朗地從帳外傳來——

「殿下！越人支持不住了，他們請求殿下派兵支援！」

響亮的喊聲傳到帳內，令得呆若木雞的贏十三動了動，他慢慢抬起頭來看向帳外，半晌都不吭聲。

帳外之人見他久久不答，頓了頓又叫道：「殿下，越侯說殿下如不願出兵，他們可要鳴金收兵了！」

「鳴金收兵？」贏十三冷笑起來。他騰地站了起來，扯著嗓子吼道：「鳴金收兵？」

帳外之人以為他發火了，嚇了一大跳，結結巴巴地叫道：「殿、殿下，越侯、越侯是這樣說來。」

贏十三卻似乎沒有聽到這人的回答，他逕自冷笑道：「鳴金收兵？也罷，就鳴金收兵吧！」

這聲冷笑一出，他臉上的迷茫一掃而去，俊雅的臉上閃過一抹堅定和沈狠來。只見他右手朝空中一舉，喝道：「蒙青！」

「屬下在！」

「傳令下去，秦人起帳，連夜趕回咸陽！」

「喏！」

蒙青的應諾聲中，隱隱夾著帳外之人的驚訝聲。

蒙青大步走出後，贏秋慢慢地閉上雙眼，無力地說道：「這一次，卻便宜楚弱了！」

秦人收帳準備退兵的消息，在第一時間傳遍整個戰場。

這時越人還與楚人各自列陣，拿不定主意是再行交戰還是撤退。

越侯在這時得知秦人要先撤兵回咸陽時，雙眼直是翻白，他驚恐萬分地看著對面哈哈大笑的楚人，突然發現，自己被棄了！

而吳、魏兩國在得知贏秋的決定時，都是啞口無言。特別是兩國諸侯，更是百味交雜。他們連連拉住秦人，想知道贏秋突然決定退兵的原因。當知道是因為秦侯突然暴死，秦四王子已成為秦國的王太子時，不知為什麼，他們齊刷刷地打了一個寒顫。

贏秋以法治兵，軍紀極嚴。他的命令下達後，不到兩個時辰，三十五萬秦卒已列好整齊的方隊，只等著回國。

讓秦人意外的是，吳、魏兩國的反應也是極其迅速，不但迅速，而且果斷得匪夷所思。就在秦人列隊準備回撤的同時，他們的命令也已下達，吳、魏兩軍就在秦人的旁邊列隊，也準備回撤！

一時之間，只有越人慌了手腳。越侯眼見三國都準備撤了，也發布了整隊回撤的命令，但命令縱使發出了，他的心卻虛到了極點。因為，他剛才向楚人發出攻擊了！因為，此時楚弱王正陰森森地、如餓狼一樣地盯著他！

越侯突然發現，因為秦人的臨時爽約，自己和自己的國家，陷入了極度的困境當中。剛才那一輪衝擊，他們已殺了不少楚人，楚弱王完全可以用這個藉口對越國發動攻擊了！

這個嬴秋！他明明約好的，可就因為他的臨時爽約，我小小的越國便要萬劫不復了嗎？

這時刻，越侯直是生吞了嬴秋的心思都有了。

這時的嬴秋，很忙，而且心思沈沈，他壓根兒沒有在意幾國諸侯的反應，也沒有精力去在意。

當所有的準備做好，秦人預備出發時，天色已黑，無數熊熊燃燒的火把照亮了整個夜空。

紅豔豔的天空，獵獵作響的火把，還有整齊排成隊列準備離開的秦人，給這廣闊的荒原添了異樣的色彩。

嬴十三騎在馬背上，居高臨下地俯視著這些軍卒，看著燃燒的火光中，這一張張年輕而沈默的面容。

一個念頭驀地出現在他的腦海中：我有精兵三十五萬，就算父侯尚在也對我無可奈何，何況是現在？嬴昭啊嬴昭，你連弒父那種大逆不道之事都能做出來，這一次，我定教你死無葬身之地！

他想到這裡，突然之間雄心大起。在數十萬人的注目中，只見嬴秋頭一仰，放聲大笑起來。「哈哈哈哈……」他激昂高厲的笑聲久久不絕，在夜空中遠遠傳出。

數十萬人面面相覷，他們滿腹不解，處於這麼被動的境地，這個嬴秋嬴十三怎地歡笑起來了？

就在嬴秋「哈哈哈哈」的笑聲遠遠傳開的同時，突然間，從荒原的那一頭亦傳來了一陣「哈哈哈哈」的大笑聲。

嬴秋一驚，驀地收住笑聲，轉頭看向身後里許外的荒原。此時此刻，那裡密密麻麻地站了百來個楚人，而策馬立在最中間的則是楚弱。

楚弱還在大笑，他的笑聲無比歡愉。

狂笑了一陣後，楚弱收住笑聲，雙眼如電地盯著面無表情的嬴十三，一臉歡容，朗聲說道：「嬴秋！你聯合五國，欲帶百萬軍滅我楚國，現又如何？」

嬴秋冷笑道：「不過是暫且饒你一命而已，堂堂楚王居然得意至斯！」

贏秋的聲音剛落，楚弱便笑咪咪地盯著贏秋，哈哈笑道：「暫且饒我一命？哈哈哈……可笑！真是可笑，太可笑了！贏十三殿下看來有所不知啊！」

他拖長聲音，慢騰騰地說到這裡後，聲音一提，朗朗地叫道：「五國犯楚，百萬大軍將臨之日，田公孫樂奉令易容出使！」

「田公孫樂奉令易容出使?!」

「田公孫樂奉令易容出使！」

「田公孫樂奉令易容出使——」

夜空中，無數的回音不斷地傳來，不斷地衝擊著贏秋的耳膜。

贏秋俊臉一青，雙眼瞬間睜得老大，一臉不敢置信地盯著楚弱王。

弱王看到了他的驚愕，又是哈哈一笑，朗朗地說道：「勸得韓人棄兵，令得秦兵自退！噫吁唏！秦十三殿下，縱你自以為人傑，卻也被田公孫樂戲弄於股掌當中！贏秋啊贏秋，得田公如此國士者足可得天下，殿下以為然否？」

弱王說到這裡，又是哈哈大笑起來。他的笑聲響徹雲霄，遠遠傳出。

在山鳴谷應中，贏秋的臉色越來越青，而吳、魏、越三國統帥的臉色也是或青或白。

「哈哈哈哈！你們以為田公不過一婦人，都不欲用她，結果她一婦人可抵百萬大軍！她一婦人可以左右大局！哈哈哈哈……得士者得天下，惜愚人不知矣！」

大笑聲中，弱王策馬轉身奔回，他這麼一動，他身邊的護衛也齊刷刷地回返。

黑暗中，他的身影越去越遠，可他的笑聲卻依然在眾人耳邊迴蕩、迴蕩……

嬴十三一動也不動地目送著弱王遠離，俊雅的臉上閃過一抹複雜不明的神色。望著那黑漆漆的天邊，他的眼前彷彿出現了田公孫樂那張溫婉秀美的臉。漸漸地，黑黑的天空中浮出的那張芙蓉秀臉淺淺一笑，如水般溫柔。

要不是她那雙眼睛中含著聰慧，只怕誰也不會知道這個女子可怕至此吧？

慢慢地，慢慢地，他的嘴角揚起了一抹淺笑。嬴十三輕輕一笑，低聲說道：「孫樂，沒有想到我是輸在妳的手中……早知如此、早知如此……唉……」

早知如此，他怕是用強的、用綁的也會把孫樂留在身邊吧？那個才智可畏的女子，其實有著很多弱點的，只要善加利用，完全可以把她留在身邊的。

這個世間，除了如此女子，又有哪個女人配做自己的王后？

第三十六章　拂衣歸去好逍遙

弱王帶著百來個劍客如旋風一樣遠遠衝出，黑暗的大地上，百來個火把在夜空中一閃一滅，與天空中暗淡的群星呼應。

風呼呼地吹來，颳起眾人身上的外袍獵獵作響。

奔跑了一刻鐘，楚軍的陣營出現在眼前後，文良側過頭看著弱王。夜風中，他的黑髮被長長地揚起，那俊朗年輕的臉上是淡淡的憂傷。

文良策馬靠近少許，忍不住問道：「陛下最後為何如此說來？」

他為什麼要給孫姑娘如此揚名？現在孫姑娘被各國所厭，只能留在楚國不是正好嗎？他為什麼要說出那樣的話來？這席話一傳出，只怕天下的諸侯再也不會把田公孫樂拒之門外。這樣對楚真的好嗎？

紅豔豔的火把照在弱王的側面，明暗不定中，那俊挺的眉眼有著一抹苦澀，一抹滄桑。

弱王苦笑一聲，轉過頭看向文良，黑暗中，他的雙眼如子夜般深沈。「文良，你有所不知，姊姊她……她有了隱世遁居的心思了。」

弱王的聲音低低的，帶著一絲無力。「文良，我很害怕，我害怕這次的事一了，她便會離我而去，會走到一個我再也找不到的地方去。我之所以說那些話，便是要讓世人對她敬重有加，對她驚佩的同時都想收用她。如果姊姊不再被諸國所厭，你說她會不會不隱居了？她就算到了齊國，到了秦國，只要她還遊走在世間，我就總有一份想念，我就終歸有法子讓她再安心待在我的身邊，當我的女人！」

說到最後幾個字時，他的聲音中增了一分堅定，一分狠意。

弱王對孫樂的感情，一直是敬重至極，從不敢冒犯，可是現在的弱王，那語氣中卻有了戾氣！

弱王的聲音淡淡地，靜靜地在夜風中流轉。他的話音是那麼平靜，平靜得彷彿沒有半點起伏，可是文良聽著聽著，卻不知為什麼有點心酸了。他轉頭看著這個本應該意氣風發的少年，暗暗忖道：情之一字，一至於斯。幸好，這世間只有一個孫樂！

百騎不一會兒便來到了楚國的營帳。

眾楚人看到陛下返回，紛紛策馬靠近。

一個黑臉絡腮鬍子的將軍衝過眾人，率先靠近弱王，問道：「陛下，聯軍退卻，我等可要回郢？」

弱王手一抬，勒令坐騎停下。

他昂起頭，雙眼炯炯地盯著紛紛聚來的眾將，以及眾將身後向自己看來的楚卒。他盯得很仔細，他的雙眼從左轉到右，從右轉到左。

漸漸地，他的眼睛一陰，徐徐說道：「諸位，今日是何人犯我楚地，殺我楚人？」

眾臣同時一怔，他們睜大眼看著弱王，隱隱地感覺到了一些什麼。

弱王冷冷一笑，突然聲音一提，厲聲喝道：「我楚挾精兵三十萬，豈是容人想來便來、想退便退？豈是容人想殺便殺、想欺便欺？今日越人犯我楚地、殺我楚人，如此恥辱，我必報之！」

當弱王說到「我必報之」四字時，右手唰地一舉，厲喝道：「如何？」

眾臣同時一凜，齊刷刷地叫道：「我必報之！」

「聲音太小了！」

數千人同時嗓子一粗，紅著眼睛叫道：「我必報之！」

漸漸地，越來越多的楚人叫道：「我必報之！」

再然後，整個天地間都是數十萬楚人的怒喝聲。「我必報之！」

「魏屯！」

「在！」

「以爾為帥，帶左路十萬大軍阻擊越人，務必使他們全部埋屍楚地！」

「喏！」

「商離！」

「在！」

「以爾為大將軍，率右路七萬大軍從東入越！」

「喏！」

「莊式！」

「在！」

「以爾為大將軍，率中路七萬大軍從南入越！」

「喏！」

弱王雙目如電地掃視著群情激憤的楚人，頭一抬，厲聲喝道：「我楚人頂天立地，豈可由區區弱越任意欺凌？這一次，你們且殺到大越去！且把越國千里疆域變成楚之領地！」

眾將熱血沸騰，整齊應道：「喏！」

眾軍也熱血沸騰，數十萬楚卒整齊應道：「喏！」

突然間，文良右手唰地舉高，高聲叫道：「楚王雄威！」

三十萬楚人同時吶喊著——

「楚王雄威！」

聯軍還去得不遠，他們聽到夜空中傳來的這驚天動地的吶喊聲勢，齊刷刷地一頓，轉頭向火光如星的地方看去。看著看著，他們的臉上同時閃過一抹憂色。

楚弱王的命令發出後，眾軍便開始原地休息。當弱王估計聯軍已分開，準備各自歸國時，楚人動了。

楚人這一動，便是雷霆萬鈞之勢！三路大軍，二十四萬精銳同時開出，煙塵滾滾中，向著國土面積不足楚國二分之一的弱越殺去。

就在楚弱王對越實行圍殺時，本應回吳的信文君也率著吳國大軍，從西侵入越境。

一時之間，越國面臨北部強楚和西鄰吳國的聯手攻擊，大軍節節敗退，不過一月便已連失數城，亡國之危迫在眉睫。

而這時，本想在贏昭立為秦侯之前趕回的贏秋畢竟慢了一步，當他趕到咸陽時，贏昭已得了周天子的承認，成為新的秦侯。

鬱怒之下，贏秋率著三十多萬秦軍把咸陽城團團圍住，向天下人宣佈了贏昭弒父奪位的無恥行徑。並一面派使向周天子抗議，一面向天下宣佈，將用強兵奪回本屬於自己的秦侯之位！

可是，贏秋雖然說得信誓旦旦，終究沒有任何證據證明前秦侯是贏昭所害。再加上這個時候，越國被吳、楚聯手夾擊的事傳得世人皆知。

要知道，越之所以面臨如此困境，卻是因為相信了他贏秋的話，與他相約犯楚，並奉令先行攻楚的緣故。

越侯是贏秋約來的，可越人攻楚時，秦人不但沒有出兵相助，還退兵回國，令得小小的越國正面經受強楚的怒火。這等行為，亦是背信棄義！

贏昭在越國之事上大作文章，令世人相信贏秋實是一個背信棄義的小人，他不但在盟友一事上背信棄義，還誣賴兄長，欲強奪王位，如此林林總總，漸漸使得嬴秋面臨著道義的譴責，和越來越多賢士的唾罵。

因此，嬴秋雖有雄兵三十餘萬，舉手便可拿下咸陽城，卻因為滿國出現的指責、懷疑的話而陷入了困境中。嬴秋要是個普通的、只想為一方諸侯的人，也許不會把這些指責、唾罵放在眼中，可他是想當霸主、想一統天下的人，在這種情況下，他是萬萬不能讓自己陷入無信無義、不忠不孝的惡名中。

到了後來，攻下咸陽城已是次要，嬴秋大多數的精力都用在挽回自我名聲上。而秦國也因為內有嬴昭這個秦侯，外有嬴秋這個強勢王子而陷入一片混亂當中。

伴隨著秦國內亂的，是田公孫樂的名頭。

幾乎是一夜間，天下人都知道了她在這次五國伐楚中的所為。退韓兵，與吳、魏相約不先犯楚，然後令得秦兵自退，這林林總總，都是驚世駭俗的事跡。

先前，她玩弄強趙於股掌當中，可趙人以一國之力對她進行報復的結果，便是如今的一蹶不起。

她兩番救楚，一番救齊，無不令得天下震動。

還有，越國不是對她不敬嗎？越侯連讓她入城也不願意嗎？還幾次三番地想趕她出境，越國王子甚至不是還想拿她的人頭討好趙人嗎？現在好了，她只是輕描淡寫地一揮手，甚至沒有刻意對越人做什麼事，便令得越國面臨著吳、楚兩國的夾擊，覆滅在即。

沒有人能想到，田公孫樂不去遊說越國，對越人什麼也不做，居然便是致命一擊！

如楚弱這樣的逆賊，因她相助便兩逃大難，越變越強。而趙、秦這樣的大國，因與她為敵，要不國力削弱，要不陷入內亂當中。這樣的女子、這樣的才智，著實可畏可佩！

孫樂的名聲越來越響，越來越為世人所傳揚、所敬畏。

隨著她的名聲大振，贏十三的處境倒是好了一些，因為楚弱王親口說過「田公孫樂令得秦兵自退」。

那她做了什麼事，居然令得秦兵自退？難不成，先秦侯之死、現任秦侯的繼位，都與她有關？

不知不覺中，世人的言論開始偏向了贏十三，這一點可是當日說出那句話的楚弱沒有想到的。

就在天下人對孫樂和其所為百般猜測感慨時，楚軍以強橫之勢，如狂風一樣地捲入了越國境內，不到兩個月的時間，便已一連拿下了八座城池。

令越國雪上加霜的是，吳人也不甘其後，時不時地派兵強掠，也得了越國城池兩座了。

楚王宮中。

「陛下，隨田公出使的秦事賢士回來了。」

弱王正在批閱竹簡，聞言一怔，手中的毛筆不禁顫抖了一下，灑出幾滴墨水在竹簡上。

他慢騰騰地把毛筆放下，再慢慢地抬頭看向稟報的太監，低聲問道：「還有何人？」

那太監一愣，回道：「沒有了。」

他的聲音一落，弱王端坐在榻上的身軀不由得一晃。

他艱難地閉了閉眼，久久沒有說話。

太監小心地偷瞄了弱王一眼，低聲說道：「陛下，他們有事求見，說田公有一物要親交陛下之手。」

「有一物要交到我的手中？」弱王乾嗄地笑了起來，他才笑了兩聲，聲音便是一乾，竟是笑不下去了。

他低斂著眉眼，自言自語道：「入秦之前，把所有的楚國劍客都打發回來，這一次乾脆連最後兩個楚人也不留了。姊姊啊姊姊，妳竟是連楚國也不打算回了嗎？妳……妳想到哪裡去？」

他的聲音既啞且乾，還有點澀。自言自語地說到這裡後，他突然覺得胸口傳來了一陣悶痛，那悶痛一堵一堵的，讓他直是喘不過氣來。

弱王伸手緊緊地捂著胸口，低低地喘息起來。

那太監大驚，不由得尖聲叫道：「陛下！陛下，您要不要緊？」

弱王揮了揮手，打斷了他的尖叫。他又閉上雙眼，低聲問道：「叔子離開幾日了？」

太監不知他為什麼突然提到叔子，先是一怔，馬上回道：「已離開月餘。」

「是有月餘，我記得，他說是吳侯相請，向我要了劍客護衛後離開的。當時我忙著佈置對越的作戰，也無暇深思。看來，不是吳侯相請，是他與姊姊早有約定啊！」

弱王說到這裡，不由得咳嗽起來。他才咳嗽兩聲，早已聞聲候在殿角的太監、婢女紛紛上前。

弱王再次揮了揮手，阻止他們的靠近。

他雙手支著几面，雙眼無神地盯著前方，既不動也不說話。

不知過了多久，弱王低沈的聲音傳出——

「傳兩位秦事賢士進來。」

「喏！」

腳步聲響，不一會兒工夫，兩個人來到了房中，他們向弱王深深一禮，朗聲叫道：「下臣見過陛下！」

弱王沒有看向他們，也沒有溫言相勉，他低聲說道：「把田公所交之物放在几上，出去吧。」

「喏。」

一物小心地放到了弱王身前的几上，然後，腳步聲悄悄地向外移去，不一會兒，房中又安靜如初。

弱王一動也不動，他費了好大的力氣才讓自己看向几上的銅盒。他直直地盯著那物，深深地呼吸了幾下後，伸手向銅盒拿去。他的手伸得很慢，隱隱有點顫抖，在碰到銅盒時，他又深呼吸了幾下，閉著眼睛默默唸了幾句後，才把銅盒拿到自己面前。

銅盒是封死了的，弱王緩慢地解開封口，再緩慢地拿出裡面的竹簡。

竹簡是一卷，弱王拿到手中時卻似有千斤之重。他慢慢地拿起，再慢慢地放在几上攤開。

然後，他雙眼緊閉，一連吐出三口長氣後，才果斷地睜開雙眼，低頭，看向竹簡。這只是一個竹簡，可他從頭到尾的動作卻艱難得彷彿在打一場戰役。

竹簡很長，上面的字少說也有兩千字。這麼長的竹簡，他卻三下兩眼便看完了。

弱王走馬觀花地一眼掃到最後，驀地，他放聲大笑起來。

「哈哈哈哈……」這笑聲遠遠傳出，到得後來已是帶了哭音。

突然間，弱王的狂笑聲戛然而止。隨即，他扯開嗓子厲聲吼道：「來人！傳大夫！」

「喏！」

「傳孤命令，馬上追回叔子！」

「喏！」

「慢！」

弱王聲音突然一頓，沈了幾分。「上次吳使邀請叔子前去，他可有當場應承？」

「否！」

「那叔子離楚時，隊伍中可有吳人相陪？」

「否！」

弱王冷笑起來。「看來是障眼法了，叔子必不是去吳。不過護送他的可是我楚弱的人，馬上去弄明白他們離開的方向，火速追擊，務必留下叔子！」

「喏！」

弱王喃喃說道：「姬五不過走了月餘，定還沒有與姊姊會合，定還在半途上。吳國不可去，越國大亂，姊姊也不會要姬五去，秦國內亂亦不會去，剩下的，只有魏和韓了。楚離魏近於韓，必是魏無疑！火速下令，重點向魏國方向追擊！」

「喏！」

吳侯很開心，不過兩個月時間，他便跟在楚國的身後奪了越地兩座城池。而楚人更是快殺到了大越，越國覆滅在即！

「陛下、陛下！」

信文君急匆匆地衝進來，臉上的肥肉不住地跳動著。

正擁著美姬以嘴哺酒的吳侯一凜，伸手推開懷中的美姬，轉頭問道：「何事如此緊張？」

「稟陛下！楚人突然收兵了！」

「什麼?!」吳侯雙眼睜得老大，驚聲說道：「詳細道來！」

信文君苦笑起來，他伸袖拭了拭額頭上的油汗，說道：「陛下，楚人收兵了！他們攻陷的八座城池也沒有人看管，任由越人收回了！」

「這、這……這是怎麼回事？」吳侯瘦白中透著青黑的臉上又是氣、又是不解。楚人收兵不要緊，可是沒有了他們，吳人也不好意思再跟在後面打秋風了，因為師出無名啊！前陣子跟在楚的後面凌越，可是一直告訴世人「早與楚約」的。

連秦人都看到了田公孫樂從吳宮中出去，這個「早與楚約」的藉口實在是過於完美。吳國為了此事還去與楚王交涉了一番，楚王也沒有反對的意思。

其實，如果沒有楚國，吳國也能找到藉口攻越，可是他現在既然用了這個藉口，那就不能中途再找藉口了。

信文君皺著眉頭，長嘆一聲。「說是楚弱王日夜勞咳，病重不起。」

本來極為不快的吳侯聽到這句話後，反而安靜了。他慢慢站起身來，雙眼亮晶晶地看著信文君。

信文君自是知道自家陛下在想什麼，他向吳侯前傾少許，低聲說道：「臣已派人去楚國查探了。」

楚弱王突然病重的事，如一陣風一樣傳遍了天下間。幾乎是一夜之間，與楚相鄰的諸國都開始蠢蠢欲動。唯一慶幸的是，強秦卻因為內亂無能為力。

魏都鄴城中的一個普通院落裡。

這院落是真的很普通，清一色的木屋，樹木森森，不管是從外面還是從裡面看都絲毫不起眼。如果真要挑剔的話，那就是這個院落中很少可以看到侍婢，偶爾看到的都是一些劍客。

此時此刻，這普通至極的院落裡便坐著一個溫婉秀麗的少女，這少女一頭青絲隨意地披散在肩膀上，雪白的臉上帶著淺笑。

這個少女便是沒有易容的孫樂了。

孫樂穿著一襲淡紅色的深衣，長長的衣襬上還繡滿了芙蓉花。

她低斂著眉眼，正專注地在一件雪白的長袍上繡著蘭花。她拈針的動作如拿劍，高高舉起，再重重落下，然後扯出一道歪歪扭扭的絲線來。

蘭花繡了大半了，這花遠看是朵花，近看是團亂麻。

這不是最讓人無奈的，最讓人無奈的是，孫樂一點也沒有感覺到自己的手藝很差，她樂此不疲地做這一項工作已經有兩個月了。連續兩個月奮戰的成績，便是她身後擺在几上那六件雪白的上等綢緞做成的袍服。每一件袍服，在袖口和衣襬處，都繡了幾朵這歪歪扭扭的蘭花。

這是一種很痛苦的感覺，如陳立便是這樣想來。在他看來，孫樂如要繡花玩，完全不必繡在白袍上，最重要的是，她完全不應該繡在叔子所穿的白色袍服上！

無力地伸袖在眼前遮了遮，陳立向孫樂大步走去。他走近後略一遲疑，才沈聲說道：「田公，叔子已離楚地，剛入魏境，離鄴還有三十日路程。」

「善！」

孫樂笑了笑，嘴角一彎，雙眼亮晶晶地看向陳立說道：「可有派人裝作劫匪，狙殺於他？」

「今晚我親自前去，此事萬萬不可有失！」

孫樂點了點頭，輕笑道：「善！記得要在鄴城外狙殺，務必讓天下震動。」

陳立肅然叉手應諾。

應過後，他看向孫樂手中的繡花針，遲疑了片刻後還是說道：「我以為田公持竹簡遠勝過持繡針。」

他這是很委婉的勸諫了。

孫樂順著他的目光看向手中的雪白長袍，快樂地彎著雙眼，笑咪咪地說道：「你有所不知，早在與姬涼初遇時，孫樂便覺得他穿白袍最是勝景。」

陳立的眉心跳了跳，語重心長地說道：「田公，我所說的是繡針，非白袍也！」他說到繡針兩字時，語調還特意加重，聲音也放得極慢。

孫樂再次笑咪咪地彎著眼說道：「陳立，我所說的白袍勝景，是姬涼穿了我繡的蘭花後才有的。」

陳立聞言，雙眼一直，半晌吶吶，實是吐不出一個字來。

而這個時候，孫樂又低下頭來，專注地用那揮劍之勢繼續拈針下劈。

陳立看了兩眼，連忙再次舉袖擋住眼睛，向後退去。

他剛退出兩步，又不甘心地走了回來，咳嗽一聲後說道：「田公乃大才之人，有些事請婢僕做便可以了。」

他竟是還不死心，還想勸得孫樂不再繡花了。

孫樂抬起頭來，水盈盈的雙眼好奇地打量著陳立，半晌後她開口問道：「陳公如此之閒？」

陳立又是一噎。

他再次咳嗽一聲，嘆道：「遇人不淑！」

重重丟出這四個字後，陳立大大地給孫樂甩出一個白眼，轉眼大步走出。

孫樂望著他離去的背影，癟了癟嘴，低頭看向手中的蘭花，看著看著，她把這花舉起來對著太陽照了照，然後又舉遠一些瞧了瞧。

再三觀賞後，孫樂搖了搖頭，喃喃說道：「明明繡得很好看，這陳立沒有一點眼光。」

重重地從鼻中發出一聲不屑的輕哼後，她又低頭專注地刺繡起來。

陳立出去後不久，一陣腳步聲急急地向院落中走來。可不知為什麼，那腳步聲在院門口時卻停下了。

來人在門口處徘徊，久久決定不了是進還是不進。

耳力大進的孫樂可受不了了，她清聲喝道：「進來吧！」

「喏！」

進來的是一個普通劍客，他走到孫樂面前，雙手一叉，略一遲疑後說道：「田公，鄴城有傳聞流出。」

「喔？」

這下孫樂好奇了，她放下手中的繡針，抬眼看向來人。她只瞟了一眼，便發現這劍客臉色依然帶著猶豫。她皺了皺眉頭，不知為什麼，心中有點緊。

孫樂騰地站了起來，問道：「何事？」

劍客嘴唇動了動，剛要說話，陳立的喝聲突地從外面傳來——

「南丘！」

劍客南丘立馬嘴唇一閉，轉頭看向陳立。

孫樂這時臉色有點凝重了，她盯著大步走來的陳立，盯著他一眨也不眨地問道：「出了何事？」

陳立瞪了南丘一眼，朝孫樂雙手一叉，頭一低，沈聲說道：「市井傳言，楚王一病不起。」

「什麼？」

孫樂大驚，秀美的臉瞬間變得慘白，她櫻唇動了動，不敢置信地說道：「那不可能！他如此年輕，又沒有上戰場，怎麼可能忽然得了重病？」

陳立低頭說道：「市井確有如此流言傳出。」

孫樂緊緊地盯著陳立，她盯得是那麼緊、那麼認真，彷彿想從他的臉上找到他在說謊的證據，可是，在她的盯視下，陳立一直面色如故。

看來不是開玩笑的了！

孫樂的身子晃了晃，向後退出半步，伸手撫著額頭，掩去滿心滿眼的驚恐。

過了半晌，孫樂才啞聲問道：「流言是如何說的？楚王得了何病？」

陳立擔憂地看著她，嘴唇動了動，衝出咽喉的卻只是一聲嘆息。「只是說弱王突得重病，臥床不起，生死難料。」

頓了頓，他又說道：「本來吳楚攻越，楚軍已攻下越地八城，可這時楚弱突然病重，急令諸軍回撤。無可奈何之下，楚人只得放棄到手了的八座城池，班師回國。」

他說到這裡，看著臉色越發慘白的孫樂，見她搖晃著似是站不穩了，忍不住輕聲安慰道：「市井流言，不足為信，田公切勿過慮。」

孫樂依然手撫著額頭，她既沒有回話，也沒有動作。

直過了一會兒，孫樂才低低地再次問道：「弱王得了何病？」

陳立搖頭道：「不知也。」

孫樂慢慢地、慢慢地放下撫在額頭上的手，她的手一放下，陳立才發現她那雙盈盈眼波中盡是淚水。

陳立兩人目瞪口呆地看著一臉悲傷驚亂的孫樂，嘴唇動了動，想要安慰她幾句，卻不知說什麼的好。

孫樂對上他們同情的眼神，嘴角扯了扯，低低地吩咐道：「馬上準備一下，我與你們一併啟程。」

陳立一怔，叫道：「田公妳？」

孫樂搖了搖手，沙啞地說道：「不必多言。弱兒身體如此之好，我斷不能相信他會病重不起。我和你們一起去接姬涼，許能在半途中聽得什麼。」

「喏！」

眾劍客跟隨孫樂日久，知道她雷厲風行的性格，當下便準備起來。

不過一個時辰不到，所有人都已準備好。

本來，陳立是要帶大半人去接姬五的，可現在孫樂也同行了，他們乾脆把所有人都叫了，一起駛出了鄴城。

在離開鄴城時，孫樂再次給自己易了容，穿上了深衣。

車隊一出鄴城，天便黑了，當下眾人點起火把，在每輛馬車後插了兩根。熊熊燃燒的火焰，隨著馬車疾馳而呼呼作響。

這一天晚上，天空一輪明月照耀著，映得大地一片銀白。孫樂掀開車簾，望著黑暗籠罩下的遠方，不知不覺中，心中悶痛不已，淚水又盈眶了。

「弱兒，你還要成就千秋霸業的，可千萬不能真的病了。可千萬千萬不能真的病了！」

想著想著，兩行清淚順著她雪白的面頰流下。

策馬緊隨她的馬車而行的陳立，看到了孫樂如此模樣，暗暗地嘆了一口氣，想道：叔子好不容易才盼到今天啊！難不成只是一場夢而已？

車隊穩穩地前進著，官道漫長，兩側都是荒原。鄴城的周邊從來便盜賊橫行，罕有人在夜間行走，孫樂這一行人走在官道上，久久都沒有遇到半個人影。

眾人一直走到晚上月上中天，陳立才命令紮營休息。

休息了一晚後，第二天天一亮，車隊又再次啟程。

鄴城與下一座大城間足有百里路程，隊伍行了一天一晚，終於來到了那城中。稍事休整，便又是一番緊急趕路。

如此日夜兼行，車隊終於在第十日上午來到了離魏城弗陽僅三十里處。弗陽城只是一座中型城池，這裡交通極為發達，不管是往楚還是往韓、往秦都是必經之路，因此極為繁華。

眾人按路程估算，姬五應該到了此城了。就算沒有到，最遲兩天也會在此城相遇。因此孫樂等人準備在弗陽落腳，等候姬五的到來。

馬車快速地向弗陽城駛近。

車隊在離弗陽城僅二十里的時候，一陣陣喧囂喊殺聲隱隱地傳入眾人耳中。

車隊再靠近幾里後，眾人已完全確定前方傳來的確是喊殺聲了。

陳立迅速地掉轉頭來，看向孫樂。

這時，孫樂也抬頭向他看去。

四目相接，陳立沈聲說道：「田公，前方有人廝殺。」

果然沒有聽錯！孫樂眉心一跳，看向前方被山峰擋住的官道，說道：「快馬加鞭！」

「喏！」

孫樂的命令一下，眾馬齊齊一聲嘶鳴，撒腳便向前方奔馳而去。這時，不管是孫樂還是陳立，都不安了起來。該不會是五公子吧？

特別是孫樂，這一瞬間她想到了許多，越想得多，她的心就越抽得緊，一種說不出的害怕占據了她的心臟。

二十里路程，全速行走不過一刻鐘。

不一會兒，孫樂等人便看到了弗陽的城門，更看到了緊閉的城門，以及城中傳來的喊殺聲和兵器交鳴聲。

「快，加速前進！」

「喏！」

車隊再一次加速，車輪捲起沖天煙塵，不住地撲入孫樂的口鼻中。可她這個時候全副心神都在傾聽城中傳來的動靜，任憑被灰塵衝得眼淚汪汪，都沒有眨一下眼。

轉眼間，車隊便已衝到了城門處。

陳立策馬上前，厲聲喝道：「打開城門——」

他這聲喝令，聲音裡面注滿了內力，真是響徹雲霄。

不一會兒，城頭上伸出一個軍士來，他朝陳立等人瞅了一眼後，啞著嗓子叫道：「爾等何人？」

陳立雙眼一瞪，喝道：「入城的人！怎地關了城門？」

那軍士頭一縮，朝裡面看了一眼，說了兩句話後，再朝陳立等人瞟了一眼，竟是什麼話也不說便溜了！

陳立咬了咬牙，轉頭看向孫樂。

正在這時，裡面傳來一聲喝叫，那喝叫聲尖利，分明是楚人口音！

「慘了，定是五公子在城中遇襲了！」

陳立急急地看著孫樂，叫道：「田公，城門不開，如此奈何？」

孫樂傾聽了一下，眉心再次一跳，她皺了皺眉，沈聲說道：「你用內力高喝『魏人欲殺叔子於弗陽城乎？』。」

陳立一凜，朗聲應道：「喏！」

他轉過頭，深吸了一口氣後，扯開嗓子厲聲吼道：「魏人欲殺叔子於弗陽城乎？」陳立功夫高極，內力深厚，他這一聲喝出，頓時驚天動地，四面山壁不斷地傳蕩著「殺叔子於弗陽城乎」的話。

他這一聲喊，不但傳遍了弗陽城，還令得這方圓數十里都清楚可聞。

這喝聲一出，城中的喊殺聲立止！幾乎是突然間，一陣楚人的歡呼聲從城中傳出，歡呼聲中，孫樂聽得分明——

「援兵來了、援兵來了！」

城頭上，再次冒出幾個軍士來。他們面面相覷，朝著孫樂的車隊打量了幾眼後，一個中年人伸出頭喝道：「城下之人怎地胡言？本城主關閉城門乃是為了保護叔子！」

他喝完這句話後，朝旁邊的一個劍客點了點頭。

那劍客立馬上前一步，用注入內力的聲音喝道：「城下何人？報上名來！」

一聽到要報名，陳立等人猶豫了。按照規矩，他們是一定要報真名的。有所謂大丈夫行不改名，坐不改姓。可陳立更知道，孫樂的情況與眾不同，這事得由她拿主意才是。

孫樂對上一雙雙盯來的目光，朝陳立略一點頭。點過頭後，她縮回馬車中，對著銅鏡洗去了臉上的易容物。

這時，外面響起陳立的朗喝聲——

「來者田公孫樂也！還不速速開門迎之？」

田公孫樂？

居然是田公孫樂?!

城頭上的人一驚之下，議論開來。那城主猶豫了一會兒後，遲疑地喝道：「開城門！」

「開城門——」

應和聲中，弗陽城門「吱吱——呀」地推了開來。隨著城門一開，街道中劍拔弩張的兩夥人齊刷刷地向孫樂等人看來。

弗陽城主急急地從城頭上下來，他一邊走向孫樂，一邊哈哈大笑。「田公孫樂到此，真是弗陽城之幸也！哈哈哈……」

車隊慢慢向城門駛去。

孫樂掀開車簾，露出她秀美溫婉的面容。她眼波如水，跳過一眾打量議論的人，急急地從兩隊劍拔弩張的劍客中尋找著姬五那熟悉的身影。

為什麼看不到？

孫樂的心一下子跳到了嗓子眼！姬五這人不管走到哪裡，都是最奪目的一輪明月，她為什麼一眼看不到他？

就在孫樂一臉焦急地張望時，弗陽城主已哈哈大笑著擋住了她的視線，一張肥臉上盡是媚笑，渾濁的眼睛中盛滿著熱情。

「田公可是令世人讚不絕口的啊！今日能得一見，實是本人之幸！」

這時，孫樂的馬車已駛到了城門口。

孫樂瞟了弗陽城主一眼，在陳立的扶持下跳下馬車。她對著上下打量著自己，漸漸一臉色相的弗陽城主冷笑一聲，也不寒暄便越過他衝到了楚國劍客當中。

楚國劍客約有兩百，孫樂一衝過去，四下打量一番便急急地叫道：「叔子呢？」

「孫樂──」

一個歡喜的清雅叫聲從旁邊傳來，那叫聲剛一入耳，孫樂還不曾看清姬五的身影，她的心便陡然一鬆，整個人一軟，差點坐倒在地。

姬五急急地從一側的酒樓中大步走出，他的外袍衣帶還鬆鬆地掛在腰間，顯然剛剛加上去的。

他大步衝到孫樂面前，伸手便把她緊緊抱住。

孫樂也緊緊地回摟著他，她閉了閉眼，低低地說道：「幸好你沒事！幸好你沒事！」

陳立四下打量著眾楚國劍客，忽然冷笑道：「發生了何事？」他眼睛中閃過一抹殺氣，清秀的臉上布滿怒意，喝道：「你們對叔子做了何事？」

孫樂聞言一驚，她迅速地推開姬五，對著他上上下下地打量著。姬五外袍所著的是一襲黑袍！對了，他的頸側為何有一紅痕？這分明是一道手刀砍下所留出的印痕！

孫樂打量了兩眼後，轉頭看向眾楚人。

她的目光所到之處，眾楚人紛紛低頭避開。

孫樂臉上閃過一抹薄怒，再抬頭看向對面的劍客。

這些劍客，她一個也不識得。

孫樂轉過身，雙眼灼灼地盯著這夥人，沈聲問道：「發生了何事？」

姬五在一旁輕聲解釋道：「昨天晚上來了一批楚人，他們說楚王有急事相請，還說妳也在楚國。我不信，堅決要往鄴走，堅持到今晨時他們鬆口了，可我沒有想到，他們會趁我不備時擊暈我，意欲強劫我入楚。偏就在剛才，這夥人來了，也不知怎地，楚人便與他們對抗起來。」

孫樂點了點頭，她看了一眼弗陽城主，冷冷問道：「城門何時關閉？」

一個楚國劍客低聲回道：「我們剛與刺客交手，城門便已關閉。」

孫樂完全明白了。

她盯了一眼兩倍於楚人的刺客，再看了一眼散在城主後的眾軍士，忽然冷冷一笑。

笑聲中，孫樂緩緩轉頭對上弗陽城主，淡淡地說道：「城主大人好生威風！身在魏地，卻勾結他國謀害叔子！」

轟——

孫樂這話一吐出，弗陽城主肥胖的身軀便猛然一晃。而這時，陳立等人都是雙眼瞪得滾圓。

「妳、妳血口噴人！」弗陽城主氣急，他顫抖著手，指著孫樂，結結巴巴地、憤怒地叫道：「田公乃當世名士，怎能這般傷人？」

孫樂冷冷地盯著他，笑了笑，說道：「是嗎？城主關上城門，帶上兩千軍士，且人人持戈帶弩！」她說到這裡，見弗城陽主急急地拭著汗水欲行分辯，便是聲音一提，縱聲喝道：「公如想救叔子，何必關上城門，驅散父老？」

陳立等人順著孫樂的話四處一看，還真的是，整個街道上空落落的，除了刺客便是軍士，竟然看不到一個百姓！

孫樂厲喝道：「公如想救叔子，這夥刺客怎敢無懼公身後的軍卒，明目張膽在城內劫殺？」

孫樂這麼一喝出，弗陽城主臉色倏地大變。這一瞬間，他臉現猙獰之色！

見到他如此表情，孫樂急喝道：「制住他！」

她三個字一出口，陳立身形便是一閃，整個人如鬼如魅般飄出。

眾人只是眼前一閃，便消失了他的身影，再一定睛時，卻見他的長劍已架上了弗陽城主的頸項！

這個變化實是突然之間，出乎所有人的意料。

陳立與孫樂配合多時，早已默契十足。因此，這兩人竟是沒有給弗陽城主發號施令的機會，便一舉制住了他。

頸側的寒劍森森入骨，弗陽城主剛剛還猙獰的面孔瞬間煞白。

這時刻，他雙股戰戰，肥臉上冷汗如雨，厚厚的豬嘴顫抖著，有心想求饒，更有心想替自己分辯，可是他實在太過緊張、太過害怕，竟是一個字也說不出來！

孫樂轉過頭來再盯向對面的刺客。

盯著盯著，她突然說道：「你們是秦人！」

孫樂這句話說得很突然，而且十分果斷。

她的話音一落，三百多個刺客同時臉色一變。

不過他們的首領，一個絡腮鬍子男人卻冷笑道：「胡說八道！」

孫樂不在乎他的解釋，她本只是試探，但這些人的臉色告訴了她，自己所說的一點也不差。

因此，她陰森森地一笑，又說道：「是嬴十三派你們過來的吧？果然是謀權篡位、背信棄義的陰險小人，居然連叔子也想殺了！」

孫樂這話一出，眾人齊刷刷地臉色大變。

「謀權篡位、背信棄義」這八個字的分量可是一點也不輕啊！不但不輕，而且極重，前所未有的重！可以想像，這句話傳到世人耳中時，會是何等可怕。

刺客們齊刷刷的臉色大變，他們看向孫樂的目光中也是殺機畢露。

不過，這些人顯然都不是果斷決然的人，雖然動了殺機，卻不知道應不應該行動？

在他們的猶豫不決中，孫樂轉向一個楚人喝道：「敲響鑼鼓！」
「啊？喏，喏！」他口裡應著喏，動作卻很遲疑。
孫樂怒道：「城頭上定有鼓！」
「喏，喏！」
那劍客聞言，如一隻兔子一樣竄了開去，不一會兒便爬上了城牆。
她要幹什麼？
所有人都是一慌。
這時弗陽城主結結巴巴地開口了。「田公，這是弗陽城，妳不能信口雌黃！」
他的話音一落，那絡腮鬍子的首領也清醒過來，急急喝道：「殺了她！殺了他們！」
「喏！」
眾刺客同時應諾，長劍一舉便向孫樂衝來。
那絡腮鬍子首領繼續轉向弗陽城的軍士喝道：「愣著幹麼？射死她！射死這個賤女人！」
這一聲喝令，卻沒有人應答，所有的軍士都看向他們的城主。而弗陽城主已被陳立寒劍相指，他哪裡敢附和？
就在眾刺客衝向孫樂、眾楚人紛紛迎上，正面相抗時，一陣驚天動地的鼓聲從城牆上響起。

這時的城池，召集百姓大多靠的是鼓聲，那召集的鼓怎麼敲法，更是人人知道。因此，城頭上的召集鼓一響，幾乎是眨眼間，喧囂聲、叫嚷聲、腳步聲響起，無數父老已從各自家中走了出來，人流如墨點一樣湧出。

人潮湧動，轉眼成河。

眾刺客怔住了，他們突然發現，自己的所作所為沒有了任何意義。因此，不知不覺中他們在後退，他們揮出的劍也沒有了殺氣。

弗陽城主是個聰明人，他這時已知道孫樂想做什麼了。他的雙腳一軟，整個人癱倒在地。

衝出前面的百姓，看到這一幕劍拔弩張時，本能的一怔。可是，召集鼓還在響起，後面的人還要向前衝來。一波又一波的人流向城門口衝來，無可奈何之下，前面的人只能繼續向前衝。

隨著百姓越來越多，楚人們紛紛退讓開來。

眾刺客這時都看向那絡腮鬍子首領，一副不知如何是好的樣子。

轉眼間，城門口便聚了數千百姓，而且，還在持續增加、增加……

孫樂轉過頭去，朝著姬五溫柔一笑。

她眼波如水，這一笑柔情無限。

姬五看了心中一暖，不由得也是一笑。微笑中，他沒有注意到自己正被孫樂牽著手向城頭上走去。

孫樂牽著姬五的手，兩個身影相依相偎，如閒庭信步一樣向著城牆上走去。

在這種時候，這樣的兩個人言笑晏晏，相視一笑柔情四起的場景，可真是古怪至極。不知不覺中，眾人都看傻了去，他們實在不知道這一對璧人想幹什麼，連竊竊私語聲也停止了。

當孫樂和姬五出現在城頭時，最後一點聲音也停止了。

這是一對璧人！

這是一對從九天宮闕中貶謫而下的璧人！

男的俊美無比，清冷如月；女的溫婉美麗，氣質奪人。

他們並肩而立，彷彿是天上的神祇，根本不該出現在渾濁的凡間。他們相視一笑時，那種無以言狀的溫柔和情意，那種難以形容的超脫，令人氣為之奪，呼吸自然而然地屏住。

孫樂站上城牆，靜靜地看著越聚越多的弗陽父老。雖然人越來越多，可是整個城頭依然安靜無比，悄然無聲。

所有人都被這對站在城頭上的璧人怔住了，給看呆了！

孫樂轉過頭衝著姬五微微一笑，風揚起她的秀髮，日光映出她燦爛的笑容，直是翩然若仙。

她轉過頭來，看著鴉雀無聲的眾父老，內力一提，朗聲喝道：「諸位父老，小女子乃田公孫樂！」

她剛說了這幾個字，人群中便嘩地一下炸開了鍋。弗陽城交通發達，長住來往的不乏有識之士，他們哪有不明白「田公孫樂」四個字的涵義？這個以婦人之身而行丈夫之事，進而聞達於諸侯的田公孫樂，可是世人最喜歡說起的對象，因為這是一個傳說中才有的人啊！

眼下，田公孫樂就站在自己眼前，如此溫婉秀美，狀如普通貴女。

「嗡嗡」的議論中，無數雙眼睛迸發出火熱的光芒，他們緊緊地盯著孫樂，細細地觀察著她的每一個表情，注意著她身體的每一處細節。要知道，這以後可都是談資啊！

孫樂見眾人慢慢安靜下來，笑了笑，轉頭朝姬五一笑，再次朗聲說道：「我身邊的丈夫，乃是稷下宮祭酒叔子！」

「叔子?!」

人群再次喧囂起來。

要知道，姬五是傍晚才進的城，他欲與孫樂相會，進來時十分低調，再加上弗陽城主本意是把姬五連同他身邊的所有人一網打盡的，便有意地隔絕了他與旁人的接觸。因此，弗陽城的百姓壓根兒不知道叔子來了。

原來這便是叔子！

叔子作為身分超然的稷下宮祭酒，在王孫權貴們心目中的地位很高，可對於普通百姓來說，他最出名的，其實是他「天下第一美男」的名頭。

人群沸騰了。

眼前的這一男一女，可都是讓人興奮的、讓人注目的中心啊！光是關於他們的故事，便足以令人編出十七、八個版本來。在場的人，不論走卒販夫，沒有哪一個沒有聽過這兩人的傳說。

面對著眾人火熱的注目，姬五只是靜靜地站著，他知道，孫樂就站在自己身邊，她牽著自己的手。至於她要說什麼、要做什麼事，他是不會管也不想管，反正她會把一切安排妥當。

孫樂表情淡淡地看著眾父老，直等他們再次安靜下來了，她才再次聲音一提，朗聲喝道：「想來，諸位父老已經知道我們是什麼人了！」

她說到這裡，冷冷一笑，轉頭盯向被陳立長劍指著的弗陽城主，右手唰地朝他一指，厲聲喝道：「諸位父老一定不知道，就在剛才，你們的城主險些把你們置於死地！」

她盯著弗陽城主，在一眾噤若寒蟬中朗朗地說道：「你們的城主，他剛才關閉城門，聯合秦人，欲置叔子於死地！」

扔下這重若千斤的話後，孫樂聲音一提，壓過弗陽城主嘶啞的喊冤聲，縱聲喝道：「叔子地位超然，世人無不敬服。這樣一位大人物若死在弗陽城，還是被弗陽城主所害，這消息一傳出，各國都可以此為藉口攻打你們魏國，可為魏國引來綿延戰火！屆時，弗陽人將為魏人所唾棄！」

孫樂這話不是危言聳聽。

事實上，她甚至不需說出這些，百姓們也明白這事的嚴重性，叔子可不是一般的人啊！對這個時代的人來說，天命神權是他們根深蒂固、拋之不去的信念，而叔子就是天命神權在人間的代言人。

這樣一個人物有多麼重要，不需要任何人說，每一個不識字的父老也都明白。

又是喧囂聲四起。

無數雙痛恨、驚訝、愕然的目光都聚向弗陽城主。

驀地，人群中傳來一聲吶喊——

「他不是我魏人！」

「對，他不是我魏人！他想殺叔子來害我們魏人！」

「他也不是我們弗陽人！」

「他一定是秦人！一定是秦人！」

吶喊聲越來越大，漸漸地，人群激憤起來。

眼見眾父老開始向城頭擠來，眼見眾人如點燃的火堆一樣開始燃燒，突然間，陳立舌綻春雷，暴喝一聲——

「夠了！」

這聲音如此響亮，直如在眾人耳邊響起。眾人只覺得耳中「嗡嗡」一片，心臟突突地一陣亂跳，不知不覺中都住了嘴，停下了腳步。

孫樂目光如箭地掃過眾百姓，朗聲說道：「孫樂告知諸位這件事，只是不想讓你們被蒙在鼓中。至於這個城主，他膽敢謀害叔子，此仇孫樂會報！」

她冷冷地丟出這句話後，轉頭看向陳立，徐徐吐出三個字。「殺了他！」

啊？

剛才還激憤的眾人驚住了，他們萬萬沒有想到這個看起來溫婉美麗的田公會如此大膽！這可是一城之主啊！他可是魏國的弗陽城主啊！

可是，不管是孫樂，還是姬五，還是陳立等人，都一臉坦然。

只有那弗陽城主駭得臉色煞白，他嘶喊道：「孫樂！我是魏人，妳無權殺我！」

他剛說到這裡，瞳孔便突然擴大，擴大。他仰著頭，驚駭地看著高舉在空中的長劍，驀地，他雙腳一軟，癱倒在地，屎尿齊流中只來得及慘叫道：「饒——」

只有一個字吐出，陳立的長劍已揮落。

轉眼間，人頭落地，血濺三公尺。

陳立身形一閃，讓開了那股噴泉般的血流。然後他負著雙手，施施然地來到眾楚人旁邊，與大家一起與眾刺客對峙。

刺客雖然有三百，可楚人加上孫樂帶來的劍客也不少。而且，刺客中沒有劍師。這對峙的雙方，實是楚方更為占著主動。

弗陽城主的人頭骨碌碌地滾出老遠，人群中，一聲又一聲的尖叫和嘔吐聲不絕於耳，而孫樂等人卻依然面不改色。

孫樂右手唰地一舉，隨著她這一舉，陳立再次厲喝出聲——

「安靜！」

平地炸雷響，眾人再次一靜。

孫樂冷冷一笑，目光看向眾刺客。盯著他們，孫樂喝道：「這些刺客，」她頓了頓，加重了語氣。「乃秦國十三王子，那個謀權篡位、背信棄義的小人所派來！他結交弗陽城主，意欲把謀害叔子的罪名推到魏人身上，然後藉此攻打魏國！」她在說到「謀權篡位、背信棄義」八字時，刻意頓了頓，加重了語氣。

孫樂聲音一緩。「冤有頭債有主，他們只是嬴秋手中的劍，謀殺叔子之事，我就不與他們清算了。」

孫樂這話一出，人群喧囂中夾著幾聲隱隱的嗤笑。

連陳立也是忍不住想笑。秦國刺客如此之多，殺了他們，我們也會折損大半。田公明明是不願意折損人手，偏把話說得這般動聽。

不過，明白這一點的畢竟是少數，絕大多數父老只是孫樂說什麼，他們就聽什麼。

而孫樂這句話一出，一眾劍拔弩張的刺客齊齊鬆了一口氣。那絡腮鬍子首領眼神複雜地盯了孫樂一眼後，率著眾人向城門走去。

孫樂說到這裡，目光轉向自己左側邊站著的一個劍客。

那劍客連忙向她走近，低聲問道：「田公？」

孫樂沒有回答，而是從他的腰間抽過他的佩劍。

孫樂舉起長劍，陽光從劍面上照過，一層黃光森森地反射在地面上。這是一把品質普通的黃銅劍。

孫樂打量了幾眼後，抬頭看向數千父老，再次聲音一提，侃侃言道：「我孫樂不過一婦人，」與剛才一比，她的聲音溫和了許多。「幼時艱難，百般求生，成長後出人頭地，與丈夫爭雄，多有迫不得已之處。」

孫樂這話一出，眾人頓時傻了。這個女子，剛才還在殺戮果斷，取人項上頭顱時連眼睛也不眨一下，現在又說這些做甚？

不只是弗陽城人，連陳立等人和眾楚人也都傻了。而那些準備撤走的秦人刺客，聞言也停下了腳步向她看來。

孫樂目光溫和地從眾人臉上劃過，抬頭，望著遠處的隱隱青山，淡淡白雲，再次徐徐說道：「孫樂從幼時起，便渴望守著一良人，過著平淡安穩的日子。」

這一下，姬五也怔住了，他轉頭愣愣地看著孫樂。

孫樂緊緊地握著他的手，回頭朝他一笑，再次看向眾父老說道：「可世事難料，樂萬萬沒有想到有一天，會置自己於如此田地。直到今日，樂還是渴望能與良人守著兒女過日。至於家國興亡，帝王功業，實非樂之所好。」

她朗朗地說到這裡，突然把手中的銅劍一舉，然後，當著數千人的面，劍面朝下，重重地朝著城頭「啪」地拍下。

這銅劍品質本一般，孫樂又用了十成內力，這一拍下，當即一分為二，斷裂在地！

孫樂舉起手中的半柄斷劍，目視著眾人，朗聲喝道：「孫樂當著弗陽父老，當著朗朗乾坤發誓！從此後，孫樂只是一婦人，不問國事，不行權術！家國興亡，帝王功業，再也與樂無關，如違此誓，有如此劍！」

孫樂的聲音朗朗而出，擲地有聲。她又在聲音中注入了內力，山鳴谷應中都是她的誓言。

眾父老「嗡嗡」的議論聲中，楚人全傻了，秦人則露出一抹興奮之色。

發過誓後的孫樂，一臉的平靜。她知道，姬五這次遇刺，便是被自己所連累。自己想要隱退，還是讓有些人安心的好。只有他們安心了，自己和姬五才能得到清靜。

她本來是想令姬五假死脫身的，現在情況有變，只能再做安排了。

孫樂瞟了一眼呆若木雞的楚人，轉頭對著姬五低聲說道：「姬涼，把你的那個預言說出來吧。」

姬五一怔，馬上明白過來她指的是什麼。

他站上一步，清如秋水的雙眸掃過眾人。

孫樂的誓言，對於父老們來說不算什麼，因此他們根本不震驚，此時看到叔子有話要說，同時振奮起來，一個個都停止了議論。

姬五目光清冷地掃過眾人，他的目光所到之處，所有人只覺得心中一清，似乎剛才孫樂帶來的衝擊和震撼一掃而空。

姬五掃過眾人後，看著遠方淡淡地開口了。「我數年來觀測天象，發現群星紛紛而起，紫微皇氣日漸稀薄，破軍星光芒日盛，七殺、貪狼星偏移主位。我可斷言，如此亂世，尚有兩百年之遠！」

姬五說到這裡，淡淡地收回目光，眾人等了半晌才發現他的話說完了。

眾人傻乎乎地看著長身玉立的姬五，直過了一會兒才明白過來——

叔子居然說，這個亂世還有兩百多年！這，亂世居然還有兩百多年?!

戰亂，從來苦的便是百姓，沒有哪個百姓不指望著太平的日子早日來臨。可是姬五的這番話，一下子擊碎了他們的美夢。

如果亂世還有兩百多年，那自己和自己的兒子、孫子可都沒有個指望啊！

漸漸地，慌亂茫然之色開始出現在父老們的臉上。

慌亂中，他們也沒有注意到，孫樂和姬五下了城頭，上了馬車，駛出了弗陽城。

眾人一出弗陽城，便加快了速度。

一路上快馬加鞭，終於在入夜時，離弗陽城有一百來里遠。

時間不早了，看來得找地方夜宿了。

車隊一停下來，孫樂便走向楚人中。眾楚人看到她走近，以為她要清算他們綁架姬五的事，一個個臉色都有點不自在。

孫樂靜靜地看著他們，在一個個躲閃的目光中低聲問道：「弱王得了何病？」

孫樂的話一出口，眾楚人馬上振奮起來。

他們本來是不抱指望能完成任務的，現在聽到孫樂這麼一問，頓時都激動了。只是在這種激動中，他們的內心深處不免泛起一個想法：田公剛剛已發了誓了，就算她回楚也沒有了多大好處。

這樣一想，他們火熱的心頓時涼了一半。

申先率先走了出來，他朝孫樂深深的一禮，沈聲說道：「稟田公，大王病重不起已有近月矣！」

孫樂長長的睫毛搧了搧，再次問道：「弱王他患了何病？」

陳立愕然地發現，這個時候的她，一點也不像剛聽到弱王重病時那麼慌亂。

申先長嘆一聲，悲痛地說道：「是、是久咳成癆了。」吐出這四個字，他的聲音中已帶了一分哭音。

孫樂低著頭，輕輕地說道：「知道了。」

說完這三個字後，她轉身便要離開。

申先叫道：「田公？」

孫樂腳步一頓，沒有回頭，只是低低地說道：「好好休息吧，明天回楚。」

「喏！」

申先等楚人大喜過望，這一聲應諾也答得特別響亮。

陳立和姬五怔怔地看著孫樂，久久都說不出話來。

天，很快便黑了。

樹林中，燃起了熊熊的火把，眾楚人放下了心思，便一邊煮著大鍋燴，一邊笑著議論著。紅通通的火焰照在他們的臉上，襯出他們的笑容格外明亮。

「孫樂？」

陳立走到孫樂的面前，在她旁邊蹲下，看著她，嘴唇動了動，有心想問她是不是真的決定回楚？可一想到她與楚王的交情如此之深，如今楚王一病不起，她怎麼能不回去？

只是、只是，這一回去，可就不那麼容易出來了。

楚人還在議論著，他們說著說著，便提到了楚、越之戰。

申先長嘆一聲。「要不是陛下重病，我黑甲軍已破了大越城，掠了越侯了！唉！」

「極是、極是，真是功虧一簣！」

「只要陛下病好了，捨棄一個越國算什麼？」

「蒼天保佑大王此次平安無事！」

眾楚人提到這些，漸漸聲音低沈下來，一個個都沒有了興頭。

漸漸地，月亮西移。

來。

孫樂牽著姬五的手，信步朝官道方向走去。身後，眾楚人的嘀咕聲、感慨聲還不時傳

當離眾人足有二里遠的時候，陳立追來了。他叫道：「孫樂，怎地不叫劍客相隨？」

孫樂笑了笑，停下腳步等著他靠近。

陳立跑到兩人身邊，埋怨道：「叔子、田公，你們身分如此貴重，豈能如此任性地隨意行走？回去吧。」

這時，孫樂抬眼看向他，夜色中，她的雙眼亮如星辰。「陳立。」

「喏。」

「可有藥令得兩、三百人同時昏睡？」

「啊？」

陳立和姬五同時低頭看向孫樂，瞪大了雙眼。

孫樂笑了笑，只是看著陳立，等著他的回答。

陳立眨了一下眼，回道：「有，楚人欲劫叔子，怕事情有變，準備了頗多的蒙藥還沒動

用。」

「善！」

孫樂笑了笑，沈聲道：「你把藥拿出，加在楚人的酒水當中吧。」

孫樂抬起頭，目光在黑暗中熠熠生輝。「楚人和我們的人是分堆而坐，用藥甚便。你下了藥後，就守在他們身邊保護，見他們清醒了便速速往南方吳國方向找我。」

「喏！」

這時候，不管是陳立還是姬五都明白過來，孫樂壓根兒沒有打算明天隨他們回楚，她所說的話只是令他們鬆懈，放下防備的。

陳立忍不住揉搓著眉頭，問出聲來。「孫樂不去看楚王了？」

他實是不解，不只是他，連姬五也很不解。

姬五在一旁追問一句。「弱王當真病重不起，孫樂妳不怕他……」

孫樂搖了搖頭，對上兩張疑惑的臉，含笑道：「弱兒沒有病。」

「啊？」

兩人同時驚疑出聲。

孫樂低低一笑，聲音有點苦澀地說道：「上一次弱兒突然重咳，我守他半月有餘。那半月中，弱兒和那大夫幾次露出破綻，令我漸生疑惑。為了確認此事，我以那大夫的家人性命相脅，令他吐出了實情。」

孫樂斂下眉眼，長長的睫毛煽了煽，低低地說道：「弱兒他，是用一種對氣管有強烈刺激作用的藥物來假裝的，大夫親口說了，他的肺沒有半點疾患。我知道，久咳方能成癆，這一次他說病重不起，可從時間上來算，他就算後來患了咳嗽，也遠沒有到成癆的地步。再說，他的性情我理解的，他是收到了我的信後，故意要詐我回去。」

陳立和姬五聽得暈頭轉向，他們對孫樂所說的「對氣管有強烈刺激作用」這幾個字一點也不明白。可是，雖然不明白，他們卻聽清了，孫樂是說，上一次弱王便沒有生病，這一次更沒有。他這是詐術。

兩人面面相覷。

良久，陳立低聲說道：「可，楚國險些便可滅了越國，如真是詐，那他付出良多啊！」

陳立剛說到這裡，心中便是一驚。楚王付出這麼多也要騙得孫樂回去，如果她真去了楚國，怕是再也不會給她機會出來了！他畢竟是一個頗有手段又狠心的王侯，只怕他已準備了一些非常手段來對付孫樂了。

這個問題不只是陳立想到了，姬五和孫樂也都想到了。

三人半晌都沒有吭聲，良久良久，孫樂才低低地嘆息一聲，輕輕地說道：「弱兒他怕我不信，居然以快要得手的越國為賭，以一國城池為賭，他這次很堅決啊……」

三人久久不動，只有風吹樹葉的聲音沙沙地響過。孫樂怔怔地望著天邊的一輪明月，苦澀地想道：弱兒，再見了，你的理想是一統天下，姊姊雖然不能幫你太多，這一次已助你污了你最大的勁敵贏十三的名聲，相信再給你幾年時間，未必不能稱霸。也許等你忘記了我，娶了王后時，姊姊會與姬五一起來賀。

白雲飄浮的天空中，漸漸浮出了弱兒那俊朗中帶著稚氣的臉，看著那雙墨黑而含笑的雙眸，孫樂心中一痛，差點落下淚來。

她連忙低下頭去，掩去了心中的不捨。

良久，陳立低聲說道：「我去了。」

「善。」

孫樂和姬五手牽著手，站在月光下望著陳立越走越遠，直過了一會兒，孫樂才低低地說道：「走吧。」

「嗯。」

下藥的事很順利，沒有一個楚人對他們有防備。陳立把本來便有了睡意的眾人迷倒後，孫樂等人以最快的速度坐上馬車，向著吳國方向駛去，而陳立則留在原地保護這些昏迷的楚人。

楚人這一睡，直到第二天天亮才絡繹清醒。陳立見第一個楚人清醒了，也不露面，幾個縱躍便消失在樹林中。

他臨走時，把孫樂交代的竹簡放到了楚人中。

陳立早把兩匹馬拴在一處密林中，他策著馬向南方急急地趕去。

下午時，陳立便追上了孫樂等人。眾人一會合，馬上駛入了小道中，躲開了楚人隨之而來的追尋。

孫樂這一次是回吳國。一路上，她和姬五都化了妝，變得很不顯眼，而陳立則繼續戴著斗笠。

這個時候交通極其不便，人與人很難見一面，要不是姬五的人才太過出眾，其實他都可以只戴一頂斗笠。

兩人盼望已久的自由近在眼前，都是極為開心。整整幾天，兩人都是守在一輛馬車上，微笑著兩手相握，低聲說著一些小事。

陳立策馬靠近兩人的馬車，隔著車簾問道：「孫樂，我們去姑蘇城住嗎？」

就在他以為孫樂不會回答時，孫樂輕快的聲音從馬車中傳來——

「我想去見阿青。」

居然是見她！陳立雙眼一亮。

這時，孫樂的笑聲傳來——

「本來，我是準備與姬涼在太湖深處過上幾年的，待得世人遺忘時再出來，那島嶼我都選好了，連房子也給建好。誰知道識得了阿青，曉得了易容術，這一下，我們可海闊天空了。」

姬五冰玉相擊的笑聲傳出——

「居然是太湖深處？我一直在想，妳到底有何妙策可以脫身呢……」

姑蘇城中。

這個院落很偏，樹木森森，遠離王城，後面是一望無際的山峰，山峰前秀水圍繞，從秀水中延伸出一條小河，一直蜿蜒到了院落後面的花園裡。

院落不大，幾十間木屋裡總是處於熱鬧喧囂中。

這一天，這座很不起眼的院落熱鬧到了極點。整個院落中到處張燈結彩，瀰漫著一股喜氣。

不過，這喜氣卻不張揚，從院落旁邊的府第中探出了許多好奇的眼睛，眾人弄不明白這家人發生了什麼喜事，如是婚親生子吧，總得有親人往來，可是裡面除了那一家人自己的歡笑和吆喝鬧酒聲外，門外安靜如昔，並無任何外人出入。

鄰人雖然好奇，卻也只是好奇而已。

這家人院落森嚴，圍牆很高，樹木重重，從任何一個角落看去，都不能看到內院發生了何事。

內院中，這是一間紗窗全部被紅綢蒙上的房間。

姬五一身白衣，烏黑的青絲垂到了背上，那俊美至極的臉上紅撲撲的，雙眼亮燦燦的，整個人宛若月宮仙人……當然，如果沒有注意到那白衣上的歪扭蘭花，再注意到那俊美至極的臉上的傻笑的話。

外面震天價響的勸酒聲、吵鬧聲，吵得他的雙耳「嗡嗡」直響，可是，他只是一個勁兒地看著前面的佳人，似乎所有的聲音都已自動消失。

孫樂穿著一襲紅衣，火把燈籠的照耀下，映得她的小臉紅撲撲的，煞是美豔。她含羞帶怯地白了姬五一眼，玉手持壺，把兩人的酒杯全都滿上。

酒壺倒酒時，汩汩的清響傳來，姬五嚥了一下口水，再也忍不住了，伸出手按在那隻持壺的小手上。

右手與那軟綿綿的小手一貼，姬五的喉頭忍不住再次滾動。他移了移榻几，整個人向前靠近，直到自己溫熱的呼吸撲到佳人的臉上，直到她醉人的體香在鼻間纏繞。

右手輕輕包著小手，左手再合上，姬五拿著它放到自己的胸口上，雙眼灼亮灼亮地盯著孫樂，咧嘴傻笑道：「樂。」

「嗯？」

孫樂低著頭，長長的睫毛搧了搧，臉上難掩羞色。

「樂！」

「嗯？」

「妳是我的了！」

孫樂忍不住嘴角一揚，低低地、只是櫻唇嚅動地應道：「嗯。」
她的聲音雖小，姬五卻聽得分明。他嘿嘿傻笑兩聲，雙眼一瞬也不瞬地落在她的櫻唇上，再由櫻唇轉到玉頸，又不受控制地落到她高聳的胸脯上。
看著看著，他的喉頭再次滾動起來。他又移著榻向前靠了靠，說道：「樂！」
「嗯？」
「我、我想咬妳了。」
孫樂小臉唰地一紅，又羞又惱間，頭低得更厲害了。
姬五的右手慢慢伸向她的肩膀，慢慢擁著她入懷，喃喃說道：「陳立昨晚跟我說了，他說，妳是我的人了，我想怎麼樣就怎麼樣。」
孫樂紅著臉，低低地問道：「你想怎樣？」
她的聲音很低，本來問的時候還有些許笑意，可話一說完她已臉紅至頸。
姬五快樂地看著她暈紅的臉，臉朝她傾了傾，直到兩人呼吸相聞，鼻尖快要相觸，他才呢喃地說道：「我、我想脫妳的衣服。」
轟──
這一下，孫樂直是連耳根都紅得燒起來了。
而且，不知不覺中，她的咽中也乾了，連吞了兩下口水還沒有緩解。
姬五雙手握著她的肩，鼻息與她相聞，孫樂只覺得心怦怦地跳得飛快，她長長的睫毛搧了搧，悄悄地透過睫毛向他看去。

她的目光順著他那滾動的喉頭向上看去，可是，眼睛才這麼一瞟，孫樂的雙眼立即睜得老大，她怔怔地看著近在方寸的、敞開的白色綢衣。

這、這綢衣內，是精緻的鎖骨，鎖骨下，綢衣開了一個V字形的口，然後，兩粒櫻紅的小點清楚地映入她的眼中。

天，他竟然只著了一件外袍！

突然間，孫樂覺得自己口裡更乾了。

她又嚥了一下口水，喃喃地問道：「你、你……你不冷？」

她本來是想問「你為什麼沒有穿裡衣？」的，幸好話到了嘴邊時本能地繞了一個彎。

聽到孫樂的問話，姬五低聲說道：「是陳立。」

「陳立？」孫樂好奇了，忍不住問道，「與他何干？」

姬五紅著臉，羞澀地說道：「陳立說，他說、說……」一連三個「說」字後，他才低低地、好不羞澀地續上話。「他說妳早就垂涎我了，要我穿成這樣色誘妳。」

轟──

孫樂這次是連手掌心也燒起來了。

正當她不知是羞還是氣的時候，姬五的臉貼上她的臉，胸脯也與她的胸脯相貼，他緊緊地摟著她，緊緊地摟著，似恨不得把她擠入自己的身體內一般地摟著。

他靠近孫樂的耳邊，朝著耳洞吹了一口氣，喃喃說道：「其實，我也知道妳垂涎我好久了，所以我除了外袍，裡面什麼也沒有穿。樂，妳要不要摸一摸？」

轟——

這一次，孫樂連腳心也燒了。

她直是羞惱得說不出話來，好不容易深吸了一口氣，才吐出「你胡說」三個字，姬五便是頭一低，緊緊地堵住了她的小嘴。

他重重地吸著櫻唇，伸出舌頭挑向檀口中的丁香小舌，在兩舌相遇時，兩人都低低地呻吟出聲。

姬五吻得很緊，牢牢地罩著孫樂的小嘴，幾乎讓她不能呼吸。隨著他的舌頭不斷地追逐著小舌，孫樂只覺得腦中越來越暈，整個人都沒有了半點力氣。

就在這時，姬五的手拿起她的小手，把它放到了自己的衣襟內，嘴唇微離，低低地吐著濁氣叫道：「樂，樂、樂……」

他的輕叫聲，讓孫樂無可控制地激動起來。不知不覺中，她的手伸入他的內袍，指尖掐上那胸前的紅點。

她的指尖掐上的同時，姬五歡喜地低吼一聲，他頭一低，伸舌在孫樂的耳洞中舔了舔，在激起孫樂一陣顫抖後，驀地，他把孫樂攔腰一抱，大步走向紅綢圍繞的大床。

姬五把孫樂重重放到床上，和身重重壓到她的身上。他的嘴從她的下巴、頸項，到兩邊的頸脈，一個又一個的熱吻不斷地落下。同時，他的手也沒有閒著，轉眼便解開了她的羅裳，扯下了小衣。

小衣一解，兩隻梨形玉乳蹦跳出來。姬五從咽中發出一聲低低的吼叫，頭一低，便一口含住了一朵櫻紅。同時，他伸出手捉住了另一隻。

隨著他的舌尖在花蕾上掃過，隨著他吸吮的動作，孫樂再也沒有了半點力氣，只是緊緊地掐著他的背。

在一陣又一陣的眩暈中，孫樂終於感覺到了不對頭的地方，忍不住喘息著問道：「你……你怎地如此熟練？」

這小子，前不久握自己的小手時還臉紅著，怎麼這一下好似變成老手了？

姬五含著她的一隻玉乳，雙手還在解著羅衫，含糊地回道：「我夜夜在夢中解妳的衣裳。」

孫樂的臉都紅得要滴出血來了，她忍著身體傳來的酥麻，問道：「夜夜？」

「然。」姬五吐了一口氣，喃喃說道：「我生於權貴，從小便見過夫妻之禮。與妳相悅後便情動了，我、我忍不住，便夜夜想著抱妳、解妳的衣裳，想久了，便入夢了。」

他說到這裡，貝齒輕咬著左邊的玉乳，輕輕朝上一扯！

「嗚——」

孫樂無法自抑地呻吟出聲。她沒有注意到，這麼片刻工夫，自己與姬五都已身無寸縷。

姬五聽到孫樂情不自禁的呻吟聲，心中大喜。他右手向下探入她的雙腳之間，孫樂不由自主地合緊雙腳。

他見她合緊雙腿了，也不勉強，抬身壓在她的身上，薄唇一湊，再次與她口舌相接。也不知怎地，這一個吻，竟是又深又長，孫樂被他嚴嚴實實地罩住，不由得「唔唔」地掙扎起來。可她整個人暈沈無力，掙扎也很沒有力度。

掙扎中，她的雙腳在不知不覺間已然分開。

姬五手一伸，探入她的雙腳之間，冰涼的手一觸入那秘密花園，頓時兩個人都是一顫。顫動中，孫樂清楚地感覺到抵在腿邊的、堅硬如鐵的東西。

冰涼的大手顫抖地在萋萋芳草間摸索，孫樂半瞇著雙眼，眼波已是迷離一片。她感覺到他的唇齒還在吮吸舔咬自己的玉乳，而從來沒有讓人碰過的腿間也有一隻魔手在動著。

那魔手越動越劇，越動越劇，不一會兒便扣到了那一點突起。指尖扣上時，孫樂再也無可抑制地嗚咽出聲。

「唔。」

姬五支起上身，雙眼亮晶晶地看著她迷離的雙眼，低低地叫道：「樂！」

「樂……」

「嗯。」

「妳是我的女人了！」

最後一句很歡喜，而且聲音是突然一提，變得很響亮。

孫樂被這聲音一驚，迷離夢幻的雙眸詫異地看向他。

就在她抬頭時，她的雙腿被一隻大腿有力地分開，同時，一個堅硬如鐵的物件抵到了桃園入口處。

本能地感覺到了危險，孫樂驀地張開小嘴，再一次，她的小嘴剛一張開，便被一個吻罩住，而這時，她的下身一緊，一物刺了進來，轉眼間，一陣刺痛令得她顰眉輕叫。

突如其來的疼痛令得孫樂一僵，整個人從暈沈迷離中突然清醒。她睜大淚盈盈的雙眼，控訴地看著姬五。

這一看，她發現他脹紅著臉，正一臉不知所措地看著自己，俊美的臉上盡是不安和心痛。

四目相對。

慢慢地，孫樂伸出雙臂，摟緊了他的頸子，她摟著他，讓自己與他合而為一，低低地、含笑地說道：「涼，我是一直垂涎著你。」一吐出這句話後，她頭一低，狠狠地咬上他胸前左邊的紅點！

這一咬，她用了一點力道。

姬五吃痛，身子不由得一動。

這一動，兩人同時呻吟出聲。

這時候，孫樂感覺到刺痛已漸漸不見，麻癢伴合著難以形容的酥醉衝向腦海，她不由得腰身一抬，配合著身上的良人有節奏性的律動。

這一聳動，漸漸感覺轉為妙不可言。

孫樂雙眼迷離地看著額頭汗漬絲絲的姬五，感覺到他呼吸出來的溫熱渾濁的氣息，感覺到他的律動。

不知不覺中，她的胸口溢出一縷縷的滿足來。

不知不覺中，她雙臂更加摟緊了他，挺起上半身，用胸前雙乳與他緊緊廝磨，用自己的櫻唇吻向他的眉眼，輕咬他的鼻尖，含著他的下巴。

這時候，孫樂真有一種無比的滿意。她一直想與這人融為一體，而她現在做到了！他是她的了！

其實，這個時候的孫樂還是感覺到刺痛，這刺痛令得她的快感不是那麼強烈，可是，她只要一想到他是她的了，她的心就無比的滿足，這種滿足甚至讓她忽略了任何的不舒服。

想到他是自己的了，孫樂情不自禁地將雙腿盤上他的腰間，配合著他的律動而前後搖擺。

迷茫中、暈沈中、無邊無際的酥麻暢意中，她如癡如醉地用舌頭掃過他胸前的兩點櫻唇，吻過他的耳朵，咬上他的肩膀。

猛然，姬五低吼一聲，身子猛地抽搐起來，同時，一股熱浪噴入她的身體內。就在那熱流噴入的同時，孫樂也是低叫出聲，只覺得眼前白光劃過，整個人一陣痙攣。

姬五伏在她的身上一動也不動，他還在她的身體內，她可以清楚地感覺到那漸漸軟下來的溫熱。

孫樂待眼前的炫目銀光漸漸平息後，伸手摟緊他的頸項，臉蹭著他的臉，喃喃說道：「姬涼，我以為你不會的……」

姬涼低下頭，含著一隻玉乳含糊地說道：「我夜夜在夢中與妳敦倫，又不是愚人，豈能不會？」

他說到這裡，目光放在她的白酥玉乳上。「不過，夢中的妳這裡是平平的，皮膚也沒有這般細膩白淨。」

他伸舌在她的乳尖上舔吻，低低說道：「樂，就這樣睡可否？我不欲出來。」

孫樂臉一紅，正準備回話，突然耳尖地聽到外面有響聲傳來，她頓時雙耳一豎。

外面喧囂聲不斷，歡笑聲和敬酒聲依然不絕於耳，就在孫樂以為是自己的錯覺，準備不再理會時，一個模糊的聲音傳來——

「可敦倫了？」

這好似是阿福的聲音。

「然。」

「可是公子主動？」

「然。」

「蒼天保佑！這第一次要是叫孫樂摘了公子的紅丸去，日後可怎再振雄風？」阿福的聲音真是好不歡喜。

另外一人一哼。

他這一哼孫樂倒是聽出了，正是陳立的聲音。

「為了今日，我四處蒐羅房中秘術，還令叔子每天晚上溫習一遍方可入睡。如此練習了數月，若還叫孫樂摘了叔子的紅丸去，我顏面何存？」

孫樂聽到這裡，直氣得小臉通紅，呼吸急促，恨不得馬上抽身去罵那兩人。可是，她剛一動，伏在她身上的姬五便悶哼一聲，孫樂驚愕地感覺到，那埋在自己體內的物事又堅硬如鐵了！

孫樂還在驚愕間，伏在她身上的良人已經再次律動起來。他一邊動，一邊在孫樂的耳洞、頸側不住的親吻、吮吸。漸漸地，眩暈再至，模糊中，孫樂隱隱聽到一個得意的聲音飄來——

「叔子又起雄風了！咄，有了我那秘法，叔子定可以在床笫間牢牢制住孫樂！唏，她一年生一個孩兒，生了十七、八個時，孫樂定沒有一絲兒空閒去想別的丈夫了！」

這個聲音剛剛落下，幾乎是突然的，阿青清脆的、好奇的聲音也傳來——

「什麼秘法？為什麼可以生孩兒？厲不厲害？陳立，你別蹲著了，快來告訴我是啥秘法？快點快點！」

外面先是一靜，轉眼間，陳立快樂得有點顫抖的聲音傳來——

「那秘法當然厲害了！妳若答應日後不惱我，我便親自教妳……」

聲音漸漸飄遠，孫樂在無可控制地歡泣出聲時，頭一低，狠狠地在姬五的肩膀上咬了幾個深深的牙印兒。

楚王宮中。

弱王一動也不動地坐在榻上，昏黃的燈火照在他俊朗的臉上，投射出無邊的落寞。

他前面的几上，放著一個竹簡，那竹簡上清清楚楚地寫著幾個字：弱王無病！

這正是孫樂令陳立離去前放在楚人中的竹簡。

就那麼四個字，他已足足盯了兩天了。

宮中空蕩蕩的，一陣風吹來，拂起層層帷幔。一層帷幔從他臉上一劃而過，就在帷幔落地時，一串眼淚順頰流下。

驀地，弱王頭一低，雙手捧著臉，發出一聲如狼般的嘶嚎聲。

「啊——」

這嘶嚎聲衝破空曠華麗的王宮，衝破黑暗，遠遠地傳蕩開去……

咸陽城外的一個院落中。

一排麻衣劍客齊刷刷地低著頭，每個人都是一臉羞愧。

嬴十三站在臺階上，冷冷地盯著他們。

直過了半晌，他才冷冷地喝道：「失敗了？」

絡腮鬍子首領撲通一聲伏倒在地，說道：「臣無能，請殿下賜臣一死！」

「死？」嬴十三冷冷地瞪了他一眼，喝道：「欲死何其簡單？你！你們這些愚人！既然已關上城門，為何不乾脆殺了叔子和楚人再說？既然害怕田公而開了城門，為何不在城門大開之前隱藏？」

他氣喘吁吁地說到這裡，咬牙切齒地迸出幾句話來。「謀權篡位、背信棄義？好一個孫樂，真是好一個孫樂！她遁便遁吧，居然在臨走之前還給了我這麼八個字！我……我大好的局面，又因她而毀於一旦！」

嬴十三直是氣怒到了極點，他從來沒有這麼被動過！這一次他弄清了叔子的行蹤後，便精心設了一計，欲殺了叔子後，把此事安到弱王的頭上，他有十足的把握讓弱王百口莫辯。

可是，他萬萬沒有想到，孫樂居然去得那麼巧！他更沒有想到，自己所派的人一個個都愚蠢至極！居然一聽到田公孫樂的名號便嚇軟了腳，便沒有了平素的一半機靈！

現下好了，叔子沒有刺殺到，他自己倒是得了孫樂的八字評。雖然這婦人的威望還沒有到所說之話人人相信的地步，可是他現下本就處境難堪啊！他好不容易在與嬴昭的爭鬥中占了一些道義，現在又因孫樂這八個字而付諸流水。

難不成，自己只能強行奪權，然後與楚弱王一樣，一輩子揹個污名，令得世間的有識之士在背後對自己指指點點，限於道義不敢來投？

贏十三一想到這裡，便恨從中來。

他緊緊地閉上眼睛。

這時，大夫馬略走到他的身後，低聲說道：「殿下過慮矣。」

贏十三一怔，唰地睜開雙眼，轉頭看向他。「何出此言？」

馬略雙手一叉，朗聲回道：「殿下，叔子不是說過嗎？如此亂世，還有兩百餘年。以叔子平素的為人和見識，此言只怕是真。如果是真，那帝王基業便是後輩之事。殿下只需要成為秦侯，養精蓄銳，為後人的萬世基業多作準備。」

馬略一席話說完，贏十三久久不動。

他慢慢轉過頭，一動也不動地看著天邊，直過了良久，才低低地嘆道：「帝王基業都是後輩之事？我現在所做的一切，並無甚意義？就算我百般經營，其結果也與什麼事都不做一樣？」

他喃喃說到這裡，便雙眼一閉。

當他再睜開雙眼時，眼中已寒光森森。重重一哼，贏十三拂袖道：「姬五不過一無知稚子，他哪可能真看破天意？哼！這不過是他為了與奸婦孫樂隱退而找的藉口！我贏秋上稟天意，我大秦必承周而為新的天下共主！」
他說到這裡，聲音一冷，縱聲喝道：「來人！」
「喏！」
「召集眾將！」
「喏！」
「咄！嬴昭乃無知稚子，父侯乃他所害！我束於道義，處處禮讓而他依然不知悔改！傳令下去，從明天起，大軍攻城！」
「喏！」

天下間風雲變幻。

姬五的話，秦十三不信，楚弱王不信，魏侯、吳侯也不信。他們一邊尋找著新的陰陽家，一邊養精蓄銳。

田公孫樂的隱退，對於除楚王以外的任何諸侯都沒有損失。他們在聽到了她在弗陽城頭上發出的誓言後，便打消了尋找她的主意。

而叔子的待遇也是一樣，很快地，諸侯們找到了新的陰陽家。雖然那陰陽家至今沒有驗證過他的預言能力，可諸侯們卻需要他的存在，他可以掃去叔子臨走之前的那個預言帶來的烏雲。

知。

也因為對他臨走前所預言之事的不喜，當世間偶有叔子的蹤影流傳時，他們也是裝作不

漸漸地，關於田公孫樂和叔子的事跡，在人們的心中及視野中淡去了。

只有那個深居在楚王宮的王還記得，還在得到了他們現身的消息後，便會立刻派人尋去。

雖然，至今一無所獲……

——全書完

春秋戰國第一大家／玉贏

無鹽妖嬈

青山相待，白雲相愛，夢不到紫羅袍共黃金帶。
一茅齋，野花開，管甚誰家興廢誰成敗？

文創風 059 1

孫樂想不通透，自己怎的一不留神就被雷劈了個正著？
且她一覺醒來成為一名身分低下的十八姬妾也就罷了，
偏偏她還換了個身體，變成長相醜陋兼瘦弱不堪的無鹽女！
教人汗顏的是，她名義上的夫婿姬涼卻是美貌傳天下的翩翩美公子，
唉唉，這兩相一比較，簡直都要叫她抬不起頭來了，
再者，來到這麼個朝代後，生存突然間變成一件無比艱難的事，
前面十七個姊姊，隨便一個站出來都比她美很多，
她既無法憑藉美貌得人寵愛，想當然耳只得靠腦袋掙口飯吃了，
幸好她極聰穎，臨機應變的能力絕佳，又能說善道，
想來要在這兒安身立命下來，應該也不是太難……吧？

《無鹽妖嬈》1封面書名特殊燙銅字處理，盡顯濃濃古意！

文創風 060 2

說到她夫婿姬五這人，家底是不差的，加之心善耳根又軟，
因此人家塞給他及他救回家的女人不少，這些全成了他的姬妾，
孫樂自己就是被他撿回家的，要不憑她人見驚、鬼見愁的容貌，誰肯娶？
甚至連她請求收留一個無依無靠的男孩跟她同住，他也答應了呢！
但說也奇怪，她就罷了，其他漂亮的姬妾不少，怎也不見他多瞧一眼？
別說看了，連到後院跟姊姊們說說話的場面她都很少看見過，
倒是她，醜歸醜，但因獻計解了他的煩憂，反得他的另眼相看，
結果可好，引得其他姬妾們眼紅，其中一個還對她栽贓嫁禍，
唉，使出如此拙劣的伎倆，三兩下就能解決掉，她都不知該說什麼好了，
果然男人長得太好看就是一切禍亂的起源，古今皆然啊～～

文創風 061 3

在展現聰明才智，成為姬五的士隨他出齊地後，孫樂發現了一個秘密——
他俊美無儔，氣質出眾，外人看來宛若一謫仙，卻原來極怕女人啊！
由於他生得一張好皮相，姑娘家見了他就像見到塊令人垂涎的肥肉似的，
不論美醜，一律對他熱情主動、趨之若鶩得很，令他招架不住，
基本上，他會先全身僵硬、正襟危坐，接著就滿頭大汗、困窘無措，
通常要不了多久，他就會明示暗示地要她速速出手相救，
即便是名揚天下、大出風頭後，他也一如既往的不喜歡與人交際，
而跟在他身邊的她，就算低調再低調，才智與醜顏仍是漸漸傳開來，
便連天下第一美人雉才女都當眾索要她，幸好他極看重她，嚴辭拒絕了，
她既心喜於他的相護，又不解雉才女的舉動，此事頗耐人尋味哪……

文創風 063 4

猶記當初秦王的十三子曾對孫樂說，她雖是姑娘，卻有丈夫之才、丈夫之志，
因看出她才智非凡，所以問她有無興趣追隨他，他必以國士之禮待她，
這番話著實說得情真意摯啊，偏偏她沒那麼輕易便以命相隨，
要知道，這是個人命如草芥的世道，她不過一名小女子，沒啥偉大志向，
倘若能得一處居所安然自在地過了餘生，她便也別無所求了，
然則那問鼎天下、惹得各侯王欲除之的楚弱王卻逼得她不得不大展長才，
原因無他，楚弱王便是當年與她同住姬府、感情極佳的男孩弱兒！
當時那個說要她變好看點才好娶她做正妻的男孩，如今已是一國之王，
不論多少年過去，他待她仍一如往年的好、不嫌她醜，欲娶她之心更堅定，
雖不確定自己的心意，但她卻為他扮起男子，當起周遊列國的縱橫客……

文創風 064 5 完

這回為了姬五想救齊國一事，她孫樂重操舊業出使各國當說客，
結果齊國是順利得救了，她卻徹徹底底得罪了趙國，
趙國上下認為她以女子之身玩弄天下之士，更兩番戲趙，罪無可逭，
那趙侯更是發話了，凡她所到之處，他必傾國攻之！
這不，她前腳才剛踏入越國城池，越人即刻便求她離開，想想她也真有本事，
然則此時出城便是個死，於是她率眾住下，沒幾日，趙果發兵十萬欲滅她，
正當兵臨城下、千鈞一髮之際，弱兒帶大軍前來相救，更令趙全軍覆沒！
驚險撿回一命後，她不得不正視一個困擾已久的問題——
一個是溫文如玉的第一美男姬五，一個是問鼎天下的楚國霸王弱兒，
兩位人中之龍都極喜愛她，她也該仔細想想，誰才是她心之所好了呀……

《無鹽妖嬈》5，首刷隨書附贈1~5集超美封面圖5合1書卡，
可珍藏，亦可自行裁切成5張獨立的書卡使用喔！

慧黠有情・宅門精巧／

薔薇檸檬

既來之，則安之。

再不想再受盡白眼，

她就想個法子討老祖宗歡心……

競芳菲

文創風 065 上

她原本好好的在高中教語文，還是該校小有名氣的「王牌教師」。
無論是上級、同事還是學生，都對她的工作能力十分佩服。
唯一美中不足的是，她到現在還沒有談過戀愛……
但這幾近完美的一切都在瞬間有了天差地別的改變——
她意外地穿越到古代，被困在一個名叫秦芳菲小孤女身上，
她有著成熟的靈魂，卻被迫當個十歲的小女孩，
像個拖油瓶地似寄生在秦家本家大宅裡，
不只不被老夫人待見，受盡冷落，還得領教惡僕欺主，
幸虧來到古代時，她腦中攜帶而來海量資料庫——
百草良方，盡在掌握；花經茶道，樣樣精通；發家致富，不在話下。
縱然有再多的艱辛波折，坎坷磨礪，
她也一樣可以把小日子經營得有滋有味，風生水起……

文創風 066 中

「我向妳發誓，我一定要取得功名，然後……用我的一生來保護妳。」
陸寒是從什麼時候起，對她竟有了這樣深的感情呢？
遲鈍的她卻從未察覺……
雖然他是自己的未婚夫，在這一世還長了幾歲，
但在她心中，一直當他是弟弟般地照顧著。
她已不再是剛穿越過來的那個沒本事、病弱氣弱的小孤女了，
她懂得怎麼營生，怎麼撐起小小的天地守護自己，
就算秦家逼她悔婚，她仍是可以周全自己的意願。
只是不嫁朱毓升，難道，真的要嫁陸寒嗎……
她相信他是個一諾千金的人，
他話一說出口，即便是天坼地裂，他也不會改變心意。
可她的心卻……

文創風 067 下

上天就是這麼愛捉弄人……
當她覺得她的人生、未來的幸福應該就這麼安穩地定下來了，
茶館的生意她做得叮噹響，手邊寬裕了，
陸寒也提親了，往後他們成了小夫妻，兩口子可以好好安生了，
皇上突來的恩寵卻攪亂了她的天地。
曾藏她心上的少年，竟成了當今的皇上，
她心中深藏的情意早已遠去，
然而皇上對她的思念卻日益深沈，
強烈的情感竟化為獨占，擄了她，軟禁她，
恩威並施，語帶威脅……她再怒也只能忍下；
她不能拂了皇上的面子，更得顧全陸寒性命，
她不想當皇上養在精美籠子裡的金絲雀，她的心早已飛了，
她該怎樣才能脫身，回到所愛的人身邊呢……

非我傾城 墨舞碧歌

重量級好書名家／

文創風 032　8之1〈逆天〉

即便秦歌不愛她，但在王墓考古遇見盜墓者時，他捨命救了她是事實，
於是，當那個神秘的女子說他的前世是千年前榮瑞皇帝以後繼位的東陵王，
說若當時不修陵寢，秦歌就能重生時，她毫不遲疑地同意回去逆天篡改歷史，
當見到東陵太子時，那與秦歌一般的容貌讓她確定了他便是下任東陵王，
他承諾娶她，不料後來成為太子妃的卻是她的異母姊姊——傾城美人翹眉！
為了當面問他一問，也為了讓東陵派兵援救她母親陷入爭戰中的部族，
即便被下毒毀去絕世容顏，她仍攜二婢逃出，前去參加皇八子睿王的選妃大典，
八爺上官驚鴻，一個左足微瘸、鐵具覆面的男人，她無論如何都得成為他的妃……

文創風 033　8之2〈醜顏妃〉

翹楚在太子府等待出嫁前，她的夫婿睿王卻親眼目睹太子吻了她，
而在隨後發生的行刺太子事件中，她為救太子，讓刺客誤以為他才是太子，
結果他因此受了傷，也一併褪去人前溫和不爭的假面，露出陰騺狠戾的模樣，
她這才驚覺，他以前所有的溫情以待都是在作戲，娶她也不過是別有目的，
不過無妨的，此生只要完成來東陵及救母的任務，其他的都不重要，她不需愛情，
誰知她意外發現書房的秘密，進入一處地穴，看見一個俊美無儔的男人，
那分明是太子的臉，但他身邊不離身的鐵面卻昭示他是她的爺、她的丈夫！
老天，秦歌的前世究竟是太子上官驚灝，還是遭她背叛過的睿王上官驚鴻？

文創風 036　8之3〈佛也動情〉

他是萬佛之祖飛天，本該心如明鏡、無慾無求的，
不料在親手接生了翹家二女若藍後，命運之輪便啟動了，
明知不可，他卻悄悄對貼心善良的她動了情，
他很明白這是不被允許的，因此他一直掩飾得很好。
對誰都好、看似有情卻無情，是他向來給眾神佛的印象，
直至他的佛殿祝融肆虐，她為救寶貴典籍而喪命，
至此，他再做不來喜怒不形於色，
為免她魂飛魄散，當下他使計讓兩大古佛施展捕魂咒救她，
事後，他及天界一干動了愛恨嗔癡念的眾神佛皆得下凡歷劫，
他成了睿王上官驚鴻，而若藍則化為翹楚，
倘若再愛上她以致歷劫失敗，那她將灰飛煙滅，於是，他只能對她狠了……

文創風 037　8之4〈爺兒吃飛醋〉

大婚前先是與他的太子二哥曖昧不清，大婚後又和九弟夏王眉來眼去？
想不到翹楚這姿色平平的女人，還真有活活氣死他的本事！
她那破敗身子毒病一堆，沒幾年命好活了，竟還有閒功夫到處勾搭他的兄弟？
民間姑娘、勾欄場所的花魁，幾時看九弟真心對待過一名女子了，
而今不僅一直戴著她給的荷包，還贈她千年白狐做成的名貴狐裘，這算什麼？
怎麼著，難不成九弟這次竟看上了自己的嫂嫂、看上他用過的女人嗎？
只是，他這個好弟弟似乎忘了一件事——翹楚是他的女人！
即便他上官驚鴻不愛，他上官驚驍也休想染指她一分一毫，
不論是死是活，這輩子她翹楚都只能是他八爺的妃！

文創風 040　8之5〈衝冠一怒〉

翹楚失蹤了！上官驚鴻知道，必定是太子將她縛走了，
為了立即救出她，他不顧五哥勸阻，點兵夜闖太子府，
他很清楚，此行若搜不出翹楚，父皇必定大怒，
而這些年來他辛苦建立的一切也將毀於一旦，但他管不了這許多，
毀了便毀了吧，他無法慢慢查探，他絕不讓她再受一點苦！
為著能早點救出她，甚至連九弟他都找來幫忙了，
只因他曉得夏九素來喜愛翹楚，定能完成所託，
然則，他終究是慢了一步，她被灌了滑胎藥，大量出血！
他早已立下誓言，必登九五之位，遇神殺神，遇佛弒佛，
自降生起，他從沒畏懼過什麼，如今，他卻怕極了失去她……

文創風 042　8之6〈赴黃泉〉

翹楚曉得，現如今的上官驚鴻是愛她的，很愛很愛，連命都能為她捨，
為了專寵她、得她信任，他甚至允諾不碰其他女人，他們要永遠在一起，
然則，她總會先他離開這世界的，哪能陪他到永遠呢？
她的身子幾經毒病，早便是懸在崖上的，若她死了，他怎麼辦？
或許他們不該在一起，不該要求他唯一的愛，畢竟她根本陪不了他多久……
宮裡傳來的消息，說翹楚昨夜在宮裡沒了，守護著她的老僕瘋了般見人便砍?!
一派胡言！她腹中還懷著他的孩兒，好端端的怎可能就沒了？
……是父皇！父皇不喜翹楚，定是他下的殺手！
母妃和妹妹都教父皇害死了，為何連他心愛的女人都不肯放過？
誰殺了翹楚，他就殺誰，便是當今聖上、他的父皇亦然！

文創風 045　8之7〈登基〉

他上官驚鴻步步為營、運籌帷幄，終於走到了爭奪王位的最後一步，
然則他機關算盡卻沒算到，此生最愛的女人翹楚會命喪宮中，
早先為了治好她的心疾，他不計一切手段取得解藥續了她的命，
兩人的一生理該久長下去的，怎麼突然間她就撒手離去了？
她說希望看見他君臨天下的模樣，一定很威風，
為了圓她心願，讓百姓歸於太平安樂，在奪位的路上，他大開殺戒，
可她已然灰飛煙滅，那他苦苦撐著這行將腐朽的身軀不死有何意義？
即便他最終擁有天下萬物又如何？這天下，終究不是她。
倘若世上真有神佛，轉世而來的她是否能再轉世回到他身邊呢？
這一次，換他來等她，直到不能再等了，他便去尋她……

文創風 046　8之8〈輪迴〉

等了這般久，翹楚終於重新回到他身邊了！
不僅如此，她腹中的胎兒、他們那屢屢沒死成的小怪物也還活著！
這一次，他不當佛祖飛天、不當秦歌、不當睿王，就只當她的男人，
往後的日子裡，他保證會好好愛她、護她、不惹她生氣了，
但……為何她身邊的男人老是走了又來、源源不絕！
趕走了夏九那個大的，現在又補上個小的是怎麼回事？
是，他知道那個小的是翹楚為他生的兒子，所以呢？
難不成這世上有人規定老子不能拈兒子的醋吃嗎？
而且這無齒小子居然當眾尿了他一身後，還露出得意的笑！
好，他上官驚鴻算是徹底討厭上這小怪物了，敢跟他爭翹楚，簡直找死！

《非我傾城》隨書附贈
東陵王朝人物關係表，
〈登基〉並附彩色地圖！

文創風 064

無鹽妖嬈 5 完

國家圖書館出版品預行編目資料

無鹽妖嬈 / 玉贏著. --
初版. -- 臺北市 : 狗屋, 民102.01-
冊 ; 公分. --（文創風）
ISBN 978-986-328-001-9（第5冊：平裝）. --

857.7 101026035

著作者	玉贏
編輯	黃淑珍
校對	黃薇霓　蘇虹菱
發行所	狗屋出版社有限公司
地址	台北市104中山區龍江路71巷15號1樓
電話	02-2776-5889～0
發行字號	局版台業字845號
法律顧問	蕭雄淋律師
總經銷	知遠文化事業有限公司
電話	02-2664-8800
初版	102年2月
國際書碼	ISBN-13　978-986-328-001-9

原著書名：《无盐妖娆》由起点中文网(www.cmfu.com)授權出版

定價220元
狗屋劃撥帳號：19001626
網址：love.doghouse.com.tw　E-mail：love@doghouse.com.tw